Peter Biber, geboren 1966, hat laut offizieller Statistik noch knapp dreißig Jahre zu leben. Trotz dieser Einsicht hat er beträchtliche Zeit mit der Arbeit an seinem zweiten Roman »Neophyten« verbracht. In Zukunft, so sein Vorsatz, wird er sich noch mehr als bisher gesunden Bewegungssportarten wie zum Beispiel dem Karpfenangeln widmen.

Nachdem das Interesse der Öffentlichkeit an Karpfen als eher gering eingeschätzt werden muss, macht Biber ein wesentlich eindrucksvolleres Tier, einen leibhaftigen Braunbären, zum Auslöser seiner neuen Geschichte. Das mysteriöse Verschwinden eben dieses Bären irgendwo im bayerischen Alpenraum wird am zuständigen Ministerium anfangs noch für ein Problem gehalten. Bald erweist sich jedoch, dass echte Probleme anders aussehen. Denn die diskreten Ermittlungen des aufstrebenden Jungbeamten Frieder Wanzke (vulgo »der Preuße«) entfalten bereits nach einer Woche eine Wirkung, von der die, die dabei waren, noch ihren Enkelkindern erzählen werden. Sofern sie überlebt haben, versteht sich.

Allerdings bedurfte es einer Indiskretion aus erster Hand, die zahlreichen Verschwörungstheorien in ihre Schranken zu weisen und den wahren Hergang einem größeren Publikum zugänglich zu machen. Und wo er schon am Reden ist, breitet unser Gewährsmann auch gleich noch seinen schrägen Privatkosmos vor uns aus, verschont weder Einstein noch Che Guevara, kennt die Abgründe, die sich in Fotokopierapparaten auftun, ebenso gut wie die Lebensumstände der Holzwürmer. Vom Blockuniversum ganz zu schweigen.

Peter Biber

# *Neophyten*

*Der Preuße, der Bär und der gelbe Japaner*

Roman

Bayerischer Poeten- & Belletristik-Verlag
Reichertshofen-Hög

2. Auflage
März 2019

Umschlaggestaltung: Veronika Biber
Lektorat: Dominik Neumayr & Gerhard Trautmannsberger
Satz: bp-Verlag
gesetzt aus der Vollkorn und der Inconsolata
Druck und Bindung: Sowa Druk, Piaseczno
Printed in Poland
ISBN 978-3-944000-26-8

> www.bp-verlagshaus.de

Allen Physikern, Ministerialbeamten
und kubanischen Revolutionären
herzlich zugeeignet

Aquí se queda la clara,
la entrañable transparencia,
de tu querida presencia,
Comandante Che Guevara.

*Carlos Puebla – Hasta Siempre, Comandante*

I just felt I should mention
that we don't make up stuff
like the block universe
just for the hell of it.

*Jim Al-Khalili – Paradox*

Eine Stunde sind wir schon auf der Autobahn gewesen, der Preuße, der gelbe Japaner und ich. Ich angefressen wie Schwein Harry wegen dem gelben Japaner, du machst dir keinen Begriff. Den hast du treten können, wie du willst, keine Leistung. Aber so sind sie, die Asiaten, du kannst bitte sagen, du kannst sie anschreien, du kannst dir das sparen, alles egal. Und der Preuße hätte auch lieber einen Italiener gehabt, einen Franzosen oder, kühnster Traum, sogar einen gebrauchten Deutschen. Aber wenn deine Karriere erst am Anfang ist, dann musst du schon froh sein, wenn es nur für einen gelben Japaner reicht.

Und wenn du das mit der Karriere nicht verstehst, dann verstehst du den ganzen Preußen nicht. Jeder hat seinen persönlichen Fluch, der eine mehr, der andere weniger, der eine muss in der Nacht zehnmal aufstehen, weil die Prostata dreht ihm jedes Mal den Hahn zu früh ab, der andere muss Katzenvideos auf Youtube anschauen, bis er nicht mehr kann, und dem Preußen sein Fluch war die Karriere. Kein anderer Gedanke. Ich habe ihn manchmal damit aufgezogen, wenn ich den Gollum aus dem Herrn der Ringe sehen wollte, mein Schaaatz, du weißt schon. Aber wo er recht hat, der hat seinen Ho Chi Minh gelesen, am Ende kommst du was-weiß-ich-wo heraus, wenn du am Anfang nicht aufpasst.

Vielleicht bist du beeindruckt, wenn ich dir sage, der Preuße ist ein echter Regierungsrat gewesen und du stellst dir dabei einen älteren Herrn vor. Aber der

Preuße war fünfzehn Jahre jünger als ich, und wenn die Statistik aufgeht, habe ich auch nicht viel mehr als die Hälfte hinter mir. Und noch etwas muss dir klar sein, wenn du ein Regierungsrat bist und ein älterer Herr, dann hast du eben keine Karriere gemacht.

»Wie lange haben wir noch, Klugi?«, fragt der Preuße. Das war die Retourkutsche dafür, dass ich nur »Preuße« zu ihm gesagt habe, weil er hat auch die subtile Tour gekonnt. Vielleicht weißt du noch die Kindersendung, scheinbar interessant, aber in Wirklichkeit hochpädagogisch, lauter Puppen und eine Moderationstante. Da haben sie fürs Dozieren eine Spezialmarionette gehabt, das war ein Scheißhaufen, täuschend echt, mit Spitzkringel und Fliegen und allem, sogar mit Gesicht, und der hat sprechen können. Das war der Klugscheißer, kurz Klugi, damit sich die Kinder dann doch nicht das hässliche Wort merken[i]. Ein gewisser Neid war natürlich dabei, beim Preußen, weil ich habe mehr von der Welt gewusst als er. Das ist keine Kunst bei so einem Buben, aber da bist du schnell ein Klugi, anstatt dass sie auf dich hören. Wegen dem Scheißhaufen finde ich »Klugi« sogar eine Spur beleidigender als »Preuße«. Aber egal, dafür war er der Chef.

---

[i] Wenn du mehr dazu wissen magst, kannst du ganz hinten auf der Seite 237 unter »i« nachschauen.

Auf der Autobahn sind es immer noch dreißig Kilometer gewesen, zwanzig Minuten ungefähr. Noch Flachland, aber die Berge schon groß und mächtig. Jede Wette, dabei hat der Preuße an das Ministerium denken müssen und er hat von seiner Karriere geträumt. Und da sage ich, von mir aus gerne, bei so wenig Verkehr. Das ist immer noch die bessere Zeit zum Träumen, wenn du Auto fährst, dann sind die Leute wenigstens ausgeschlafen, wenn es gefährlich wird, meine Meinung. Übrigens, bei den zwanzig Minuten Autobahn habe ich mit ununterbrochen neunzig gerechnet, in dubio pro gelben Japaner, aber das kann sich kein Mensch vorstellen, wie sich der am Ende noch entwickelt hat.

Im Nachhinein fragt man sich ja immer, was wäre passiert, wenn jemand etwas anders gemacht hätte und wenn dies und wenn das. Da kann ich nur sagen, ich hoffe wirklich, dass du kein Pfarrer bist. Weil wenn du einer bist, dann wirst du die Idee vom Blockuniversum nicht mögen. Das habe ich neulich gelesen, bei so einem Physiker, es gibt wahrscheinlich gar keinen Unterschied zwischen der Zukunft und der Vergangenheit, sondern es ist alles fertig da, vom Anfang bis zum Schluss, und das ist wieder ganz modern und man nennt es das Blockuniversum. Das heißt, der Preuße und ich, die Dörings, die Maxi, die Leni, die Olbers Kathi, der Schwartelmeier, der Erdäpfel-Lansky, der schöne Kubaner und alle anderen, und am allerwenigsten der Loisi, wir hätten gar nicht anders gekonnt, und dass du dich überhaupt für oder gegen etwas entscheiden kannst, das kommt dir nur so vor[ii]. Aber ich muss dir eines ganz ehrlich sagen, ich wäre froh darüber, weil dann ist nämlich das Blockuniversum schuld und nicht ich, weil ich nichts verhindert habe.

Angenommen, du bist jetzt doch ein Pfarrer, dann hast du damit ein Grundsatzproblem, weil wenn niemand eine Wahl hat, das stellt ja den ganzen Herrgott in Frage. Wie will er da von jemandem verlangen, dass er sich ändert und ihm hinterher auch noch einen Strick daraus drehen, wenn er sich nicht geändert hat. Und wenn sich einer ändert, dann kann er ihn trotzdem nicht besonders belobigen, weil es ist keine Leistung vom Saulus zum Paulus, wenn du es dir eh nicht anders aussuchen kannst.

Vielleicht ein Trost für dich, das Blockuniversum ist nicht amtlich bewiesen, aber wenn ich mir dem Preußen seinen Ministerialdirektor anschaue, dann glaube ich schon einmal nicht, dass ein hoher Beamter heute eine Wahl hat. Und die E-Mails, die der Preuße jeden Tag dem Ministerialdirektor geschrieben hat, die hat ihm auch das Blockuniversum diktiert, meine Meinung.

---

*Von: Frieder Wanzke wanfried@[redacted].de*

*An: [redacted]@[redacted].de*

*Datum: 3. 8. 2015 23:47*

*Betreff: Bekannt*

*Herr Ministerialdirektor [redacted],*

*Wohlbehalten eingetroffen trotz technischer Widrigkeiten. Quartier angemessen. Bevölkerung reserviert, jedoch nicht feindselig. Auftrag rekapituliert. Moral gut. Nachforschungen beginnen morgen 7:00 MESZ.*

*Mit freundlichem Gruß*
*i.A. Wanzke, Frieder, Regierungsrat*

---

Insgesamt sind es sieben E-Mails gewesen, eine für jeden Tag. Aber die letzte hat der Ministerialdirektor[iii] dem Preußen geschrieben und nicht umgekehrt, nur ist es da schon zu spät gewesen. Problematisch im Nachhinein, dass der Ministerialdirektor die Nachrichten vom Preußen gar nicht gelesen hat, sondern immer gleich auf »Antworten« gedrückt und »sehr schön« oder »weiter so«. Aber das weiß ja jeder, ein Ministerialdirektor hat keine Zeit, und du musst ihm nur das Gefühl geben, du hältst ihn auf dem Laufenden, und er kann theoretisch nein sagen, ansonsten interessieren ihn nur die Ergebnisse. Und du darfst mir eines glauben, in Sachen Ergebnisse ist ihm der Preuße nichts schuldig geblieben. Ich sage nur, Auftrag mit Bravour erledigt, die Sache mit dem Bären restlos geklärt, und von der Neophytenaffäre wüsste immer noch kein Mensch etwas, wenn der Preuße nicht gewesen wäre. Aber wo gehobelt wird, fallen Späne, und die Späne vom Preußen hat der Ministerialdirektor hinterher dem Ministerpräsidenten erklären müssen. Glück im Unglück für ihn, dass es damals noch der alte gewesen ist.

Übrigens, an der E-Mail kannst du sehen, wie wichtig sich der Preuße vorgekommen ist. Bei »Bevölkerung reserviert, jedoch nicht feindselig«, da denkst du sofort, es geht um eine großartige Expedition zu den Kopfjägern im Dschungel von Brasilien, und die müssen sich erst noch überlegen, was sie aus dir machen, Sulz oder Ehrengast. In Wirklichkeit ist die Bevölkerung der Schwartelmeier und vielleicht noch der Grunzer und der Grinser, mit anderen Worten, die Nachrichten haben keine hundert Kilometer nach München gehabt, rein Luftlinie. Natürlich, du musst einkalkulieren, da sind noch die Amerikaner, die lenken heute alles über ihre Abhörzentralen, dass es nur so pfeift, und da kommen gleich ein paar tausend Kilometer dazu. Aber ich glaube nicht, dass die Amerikaner etwas mitbekommen haben, weil den Beamtentelegrammstil vom Preußen darfst du nicht unterschätzen, so weit sind die Abhörcomputer heute noch nicht. Und den Erdäpfel-Lansky, den darfst du nicht als offiziellen Amerikaner zählen, sondern Geschäftsmann auf eigene Rechnung.

Angefangen hat es damit, dass der Preuße zum Ministerialdirektor gemusst hat. Bei so einem Termin legst du natürlich die Ohren an, weil große Wahrscheinlichkeit, du hast etwas falsch gemacht. Der Stangl vom Forstpolitikreferat und der Hölldobler von der obersten Jagdbehörde haben es mitbekommen und große Freude, dass auch der Preuße einmal einen Einlauf bekommt. Aber wie der Preuße hinein ist, hat er sofort gesehen, Einlauf nicht das Thema, sondern da macht sich einer Sorgen.

»Neun Jahre Ruhe, Herr Wanzke«, sagt der Ministerialdirektor, »und jetzt haben wir wieder ein Bärenproblem.«

Der Preuße hat gesagt, mit Verlaub, das weiß er schon, weil intern ist es kein Geheimnis mehr gewesen, dass wieder so ein Bruno zu uns herübergedrückt hat, nur nach außen strengster Maulkorberlass.

Der Ministerialdirektor hat gesagt, nein, das Problem ist nicht der Bär an sich, sondern dass er weg ist und es ist ein verwanzter Bär gewesen.

Das kannst du nicht wissen, »verwanzt« ist der Fachausdruck, wenn so ein Bär einen Sender hat, dass man immer schön sehen kann, wo er sich gerade herumtreibt, wissenschaftlich der letzte Schrei.

»Der Sender ist von den Italienern, wo die Bären alle herkommen«, sagt der Ministerialdirektor, »und ausgerechnet bei uns im Staatswald ist die letzte Ortung. Jetzt machen die Italiener Druck«, sagt er, »die glauben, wir hätten ihn verräumt, hol ihn der Teufel.«

»Mist«, hat der Preuße gesagt, weil das andere Wort macht sich nicht so gut bei einem hohen Vorgesetzten.

Aber da muss ich ihm recht geben, weil wenn du heute als Land einen Bären hast, dann kannst du es überhaupt nicht richtig machen, meine Meinung. Offiziell große Freude bei der Regierung, wenn der Meister Petz einmal hereinschaut. Inoffiziell natürlich ein ganzer Scheißhaufen am Dampfen. Bauern, Schafzüchter, Jäger, Tierschützer, Bürgermeister, Eltern, Lehrer, alles die reinsten Bärenexperten, alle wollen, dass du als Regierung etwas unternimmst. Im Prinzip gerne, sagst du, wenn nicht jeder etwas anderes von dir möchte, Dilemma ohne Ende. Da ist Jagdsaison für die Opposition und ein Minister ist oft leichter geschossen als ein Bär.

Noch ärger das Problem vom Ministerialdirektor. Nämlich wenn ein verwanzter Bär auf deinem Grund und Boden zum letzten Mal sendet und du kannst ihn nicht herzeigen, nach Möglichkeit ohne Loch im Pelz, das ist sofort Außenpolitik. Ich will ja nichts schönreden, aber einen Funken Verständnis habe ich da schon, wenn ein Offizieller so einen Bären mit der

Dreißignullsechs[iv] inoffiziell ruhig stellt. Ein Senderhalsband ist schnell abmontiert und ab damit über die grüne Grenze. Du musst nur weit genug werfen, wegen der Ungenauigkeit von den Satelliten, sonst kannst du nachher mit den Österreichern streiten, wer zuständig ist. Unschön, vielleicht brauchst du auch eine frische Unterhose, weil ein Bär auf eine Entfernung, wo du ihn sicher hinlegst, geht gerne direkt auf den Schließmuskel.

Der Preuße hat gefragt, was der Ministerialdirektor von ihm erwartet.

»Gehen Sie vor Ort diskret der Sache nach, Herr Wanzke«, sagt der Ministerialdirektor, »wir brauchen eine akzeptable Geschichte für die Italiener. Zur Not besorgen wir einen Tierparkbären, schlechtes Bild vom Kadaver, sagen Wildererabschuss und versehentlich schon in der Tierkörperverwertung, weil ein Hausmeister nicht aufgepasst hat. Aber dazu müssen wir wissen, was wirklich passiert ist. Nichts schlimmer, als wenn danach der Bär wieder auftaucht.«

Gerne, sagt der Preuße, nur dass er Jurist ist und er hat nicht viel Ahnung von Bären, genau genommen gar keine.

»In solchen Angelegenheiten geht es nicht wirklich um Tiere, sondern um Menschen«, sagt der Ministerialdirektor, »und was das betrifft, haben Sie mein vollstes Vertrauen.« Er hat noch gesagt, dass er mich abordnet als eine Art Gehilfen und fachlichen Berater für den Preußen, das was ich weiß, wird schon genügen. Bei mir sind sie ja immer froh, wenn sie eine Aufgabe für mich haben, weil sonst mache ich nur Dienst nach Vorschrift, selbst schuld, wenn sie mir eine Nullkarriere verordnen.

Dienst nach Vorschrift für den Preußen natürlich ein Begriff wie ein eitriger Steißbeinzwilling. Bei dem hat es nichts gegeben außer Überplansollerfüllung und höher, schneller, weiter. Bevor er zu uns gekommen ist, war er ja kurz beim Finanzministerium und da hat er auf Sondermission einen Steuersünder an den Kanthaken gekriegt, wo man ihm fünfmal sein Gehalt hätte zahlen können, bis zur Pensionierung, einschließlich Beförderungen und Zulagen. Mit der Empfehlung haben ihn etliche haben wollen, einen Juristen kannst du ja überall hintun[v], aber unser Ministerialdirektor hat sich am Ende durchgesetzt, von wegen so einen braucht er in der Forstabteilung[vi]. Und dem Preußen hat das auch gefallen, weil da kann man sagen, was man will, so einen Nimbus wie im Forst bekommst du woanders nicht.

Der Ministerialdirektor ist aufgestanden, sicheres Zeichen, dass er das Gespräch beenden will.

»Ich wäre Ihnen dankbar«, sagt er, »wenn Sie ein, zwei Wochen dort verbringen. Recht viel länger werden wir die Italiener nicht hinhalten können. Die Behörden und der Forstbetrieb sind angewiesen, mit Ihnen zusammenzuarbeiten. Geben Sie sich bei den anderen als Tourist aus, was Sie wollen, viel Erfolg.«

Beachte das »ich wäre Ihnen dankbar«, da versteckt sich ein knallharter Befehl hinter der modernen Mitarbeiterführung. Aber mit so etwas hat sich der Preuße ausgekannt.

Natürlich, was der Ministerialdirektor von uns gewollt hat, das hat mir dann der Preuße erklärt, aber ich habe auch im Detail Bescheid gewusst, weil ich mit der Elfi gut kann. Die tippt nämlich die Gesprächsprotokolle für den Ministerialdirektor. Ich muss auch sehen, wo ich bleibe.

Auf der rechten Seite ist ein großes blaues Schild an uns vorbeigekrochen. Ich habe gesagt, es ist nicht mehr weit bis zu unserer Ausfahrt. Wir müssen uns im Ort dann den Zapflwirt suchen, sagt der Preuße, weil dort ist unser Quartier gebucht. Eigentlich musst du dir vorstellen, dass wir geschrien haben, weil gegen einen untermotorisierten Japaner und fünftausender Drehzahl redest du normal nicht an.

Das Gebirge ist uns entgegengewachsen, in der Nachmittagssonne, und ich habe mir gedacht, vielleicht werden es ein paar schöne Tage, weil ich muss es dir ehrlich sagen, der Bär ist mir herzlich egal gewesen und ideal, die ganze Verantwortung beim Preußen. Aber du darfst die Rechnung nie ohne das Blockuniversum machen.

»Preuße«, sage ich, »dein Auto hört sich komisch an.«

Der Preuße hat gesagt, bei einem gelben Japaner ist es normal, dass er sich komisch anhört.

»Nein«, sage ich, »da ist etwas dabei, wenn das ein Fahrgeräusch ist, dann ist der gelbe Japaner eine Schleifmaschine.«

»Unsinn«, sagt der Preuße und ich habe mir gedacht, wie du willst.

Der Preuße ist es nicht gewöhnt gewesen, dass er längere Strecken fährt wie zum nächsten REWE-Markt und zurück, und ich wäre schon eingesprungen, warum nicht, aber ich kann ihm auch nicht helfen, wenn er nichts sagt. Ich habe genau gesehen, wie es ihn anstrengt, weil er hat sich dauernd den Schweiß von der Stirn wischen müssen. Wobei, so ein bisschen dickliche, rotgesichtige Typen wie der Preuße, die schwitzen überhaupt bei jeder Gelegenheit. So von der Seite, mit seinen blonden Locken und den blauen Augen hat er mich an etwas Barockes erinnert, denk vielleicht an einen Blasengel im Passauer Dom, und der hat an der Posaune das Einschnaufen vergessen. Ich habe mir gedacht, wenn er Glück hat, dann wächst sich der Speck noch heraus. Rein äußerlich stellt man sich ja einen Preußen groß vor und hager, aber den Preußen haben die inneren Werte zu einem Preußen gemacht. Schon als Student einfach zu korrekt, gestochene Sprache in Wort und Schrift, da hast du geglaubt, er hat einen Duden gefressen, Allegorie auf tipptopp und noch dazu einen heiligen Respekt vor der Obrigkeit. Da muss ich sagen, es ist schon ein

Wunder unter den Bedingungen, wenn deine Kommilitonen dich nicht den Preußen nennen. Aber das kannst du mir glauben, sogar der Ministerialdirektor hat sich zusammenreißen müssen, dass er »Herr Wanzke« sagt und nicht »Preuße«.

Vielleicht kennst du das auch, wenn eine Fahrt zu lange dauert und alles brummt und vibriert, da nervt dich irgendwann die kleinste Kleinigkeit. Umso schlimmer, wenn die Leute auch noch alles Mögliche unten an den Rückspiegel hängen und die ganze Menagerie wackelt und zittert einem vor dem Gesicht herum. Da tanzt der heilige Sankt Christophorus einen Tango mit dem Duftbaum und dem Fuchsschwanz, dass dir vom Zuschauen speiübel wird. Beim Preußen war es eine Postkarte und die hat nicht stillhalten können. Auf der einen Seite eine Fotografie vom Einstein, nicht die, wo er die Zunge herausstreckt, sondern seriös, und auf der anderen Seite war etwas geschrieben in der Handschrift vom Preußen, das habe ich nicht lesen können, von dem ganzen Vibrieren und Drehen. Und kaum habe ich ein paar Buchstaben gehabt, hat mich der Einstein wieder angeglotzt, da willst du ihm eine hineinhauen, Genie hin oder her. Dazu kommt, die Postkarte hat gespiegelt ohne Ende, weil der Preuße hat sie sauber laminiert, das kennst du sonst nur von den Grundschullehrerinnen. Ich habe die Karte abgehängt, damit ich keinen Anfall bekomme.

»Wir nutzen nur zehn Prozent unseres geistigen Potenzials. Albert Einstein«, hat der Preuße darauf geschrieben.

Ich habe den Preußen gefragt, warum er sich so einen Schwachsinn aufhängt.

Der Preuße hat gesagt, es motiviert ihn, dass er jeden Tag mehr aus sich herausholt, und es kann kein Schwachsinn sein, wenn es das größte Genie des zwanzigsten Jahrhunderts gesagt hat.

Ich habe gesagt, ob der Einstein vielleicht Gehirnchirurg gewesen ist oder so etwas, wenn er so genau gewusst hat, wieviel von dem Zeug umsonst im Kopf herumliegt.

Nein, sagt der Preuße, der Einstein war natürlich der Professor mit der genialen Formel, E ist gleich Emm Ce Quadrat.

Ich habe ihn gefragt, ob er weiß, was das bedeutet.

Der Preuße hat einen Moment überlegt, wie er aus der Nummer herauskommt. Dann hat er gesagt, das hat der Einstein nicht verdient, dass ausgerechnet ich ihn heruntermache. Und ich soll darüber nachdenken, es ist leichter, ein Atom zu zertrümmern als eine vorgefasste Meinung. Auch vom Einstein, sagt er.

Heute kannst du ja dein ganzes Leben mit Zitaten vom Einstein gestalten, Plattheitenfeuerwerk hoch drei, alles im Internet. Keiner blickt durch, was der Einstein wirklich gemacht hat, aber die ganzen Alkoholwahrheiten, die er am Abend beim Bier erzählt hat, so wie jeder andere auch, die sind schon tausendmal um die Welt. Zum Beispiel großer Krampf, erst sterben die Bienen, dann der Mensch, aber du kannst es ruhig zugeben, du glaubst es auch, nur weil es der Einstein gesagt hat[vii].

Aber das Einzige, was ich dem Einstein wirklich vorwerfe, wenn er eh schon in der Ökologie herumgepatzt hat, mit seinem Bienenstatement, dann hätte er auch gleich etwas zum Thema Bären sagen können, ganz egal was. Weil damit Fall erledigt, Bären werden weltweit nur noch nach Einstein behandelt, gesellschaftlicher Konsens hoch drei und die Italiener hätten dem Ministerialdirektor sofort geglaubt, dass er den Bären nicht absichtlich verschwinden lassen hat. Aber du musst dich heute nur umschauen, wenn es darauf ankommt, dann hast du an jeder Ecke einen Experten für Bären und jeder weiß etwas anderes. Praktisch, es gibt alles von der Monsterbekämpfungsfraktion bis zur Streichelzooliga[viii].

»Ein Wagen mit lautem Nebengeräusch zerfällt schneller als ein freies Neutron«, habe ich gesagt und ich habe es ein bisschen feierlich klingen lassen.

Der Preuße hat mich angeschaut wie ein Uhu.

Ob er das nicht kennt, sage ich, weil das ist auch vom Einstein.

Der Preuße hat etwas gemurmelt, ich glaube, es ist ein unschönes Wort gewesen, und er hat sich am Lenkrad festgekrallt.

Tut mir leid übrigens, wo genau wir hingefahren sind, darf ich dir nicht sagen, bringe mich eh schon genug in Schwierigkeiten. Aber da kommen auch Dümmere dahinter, ich meine, sie haben es im Fernsehen gebracht. Aber ich kann dir sagen, dass der gelbe Japaner die konstant neunzig Stundenkilometer im Vollgas noch ganz gut verkraftet hat. Die Kühlwasserpumpe hat es ihm erst zerrissen, wie wir schon ein ganzes Stück von der Autobahn herunter waren.

Ich muss es dir offen und ehrlich sagen, Menschen, die einen Sonnenuntergang im Gebirge nicht genießen können, sind mir zuwider. Das sind genau die, die dir überall Skipisten hinbauen, Wildbäche aufstauen, und sie klotzen auch noch neumoderne Almhütten mitten in die Landschaft, dass es einer Sau grausen möchte. Und wenn sie das nicht persönlich machen, dann haben sie zumindest nichts dagegen und das ist genau das Gleiche, meine Meinung. Jede Wette, da hast du als ein Bär mehr seelischen Tiefgang, wenn du am Abend zu den Felswänden aufschaust, alles golden und rot wie beim König Laurin[ix]. Da spürst du nicht mehr das Halsband mit dem Sender, wo du dich sonst immer kratzen musst, du lässt dir die letzten Sonnenstrahlen auf den Bauch scheinen, und du weißt gar nicht, dass du mitten auf der Grenze liegst. Und wenn du dich von Österreich nach Bayern kugelst und dann wieder von Bayern nach Österreich und du versetzt dabei gleich zwei Regierungen in den Ausnahmezustand, dann ist das für dich nicht wichtiger als dein nächster Bärenfurz, so schön ist der Sonnenuntergang.

Es ist natürlich etwas anderes, wenn die Sonne über einem gelben Japaner am Straßenrand untergeht, wo es unter der Kühlerhaube heraus raucht. Da muss sich kein Gebirge wundern, wenn man sich nicht mit ihm beschäftigt.

Der Preuße hat gesagt, wir müssen telefonieren. Auf Deutsch, dass ich telefonieren muss. Handy bei ihm Fehlanzeige, geschweige denn Smartphone, Management by Papierkalender und Festnetz. Natürlich, einen Laptop hat er gehabt, für die E-Mails und zum Surfen, weil ohne bist du heute nicht karrierefähig, aber nicht mit innerer Überzeugung.

Ich bin ausgestiegen und habe dem gelben Japaner gegen das rechte Hinterrad getreten. Strafe muss sein, da werden sich die Erziehungswissenschaftler noch anschauen. Kann sein, dass ich auch grundsätzliche Zweifel am Erfolg geäußert habe, wenn ein Job schon so anfängt. Der Preuße hat in seiner E-Mail nicht umsonst »Moral gut« geschrieben, damit bin ich gemeint und das darfst du nicht als ein Lob missverstehen.

Mäßige Begeisterung, wie ich beim Zapflwirt angerufen habe, wo die Zimmer für uns reserviert waren. Er schickt jemanden, hat er gesagt, es kann aber dauern. Im Hintergrund Hochbetrieb, sogar der Preuße hat es gehört, und er hat gesagt, er fragt sich, was die am Montagabend machen, dass es in einem Dorfwirtshaus so zugeht. Ich habe gesagt, wahrscheinlich braten sie gerade den Bären heraus, und so wie er mich angeschaut hat, kann ich nachträglich froh sein, dass er nicht »Moral befriedigend« geschrieben hat.

Früher habe ich mich immer aufgeregt deswegen, aber jetzt war es gut, dass die ganze Gegend praktisch nur aus Sitzbänken für die Touristen besteht. Wir haben uns eine gesucht, von der aus der Wind auf den gelben Japaner zugeweht hat, und wir haben der Nacht beim Dunkelwerden zugeschaut. Wegen der Windrichtung, der gelbe Japaner hat immer noch nachgeraucht und wenn du in dem Gestank sitzt, willst du keinen Marsriegel essen. Abgesehen davon, der Preuße hat gar keinen haben wollen. Mir hat meiner schon geschmeckt und ich habe mir überlegt, ob ich den Preußen noch ein bisschen aufziehe. Aber dann hat er mir leid getan, weil er war total fertig von der Gesamtsituation. Ich habe gesagt, alles halb so schlimm, wir sind ja nicht in der Sahara, aber er ist nur dagesessen wie der Ritter von der traurigen Gestalt mit seinem Blasengelgesicht.

»Und egal, wie das alles weitergeht«, sagt er auf einmal, »ich liefere nur noch Komplettlösungen.«

Ich habe gefragt, wie er das meint.

Ob ich das nicht weiß, sagt er, bei der Geschichte mit dem Steuerhinterzieher damals, da haben sie ihn verarscht und zwar nach allen Regeln der Kunst.

Ich habe sofort gemerkt, da arbeitet sich etwas Emotionales nach außen, weil normal hätte er nicht

»verarscht« gesagt, sondern »angeschmiert« oder »für dumm verkauft«.

»Wie?«, sage ich, »alle haben sich danach um dich gerissen, so sieht es aus.«

Der Preuße hat geseufzt.

Nur Trostpflaster, sagt er, und die Schweine haben überhaupt nicht daran geglaubt, dass er etwas ausrichtet, wie sie ihn auf den Steuerbanditen angesetzt haben.

Klassische Schikane für Jungbeamte, sage ich.

»Kann sein, dass ich ihnen vielleicht auf die Nerven gegangen bin, mit meiner Dienstauffassung«, hat der Preuße gesagt.

Ich habe mir gedacht, da muss man ein gewisses Verständnis haben, aber ich habe meinen Mund gehalten.

Der Preuße hat gesagt, ich kann mir gar nicht vorstellen, wie er sich in die Sache hineingehängt hat, Tag und Nacht Akten gewälzt, die Zugehfrau bestochen, auf eigene Rechnung, dass sie ihm Kontoauszüge kopiert, und irgendwann findet man dann schon etwas.

Aber wie dann die Drohbriefe gekommen sind, anonym selbstverständlich, sagt er, da hat er gewusst, jetzt wird der Herr nervös.

»Drohbriefe«, sage ich, »was haben sie dir denn in Aussicht gestellt?«

Der Preuße ist rot geworden.

»Komm schon«, sage ich.

»Na ja«, sagt er, »es hat geheißen, sie werden mich anal vergewaltigen und mir anschließend die Hoden abschneiden.«

Ich habe gesagt, sie haben sich wahrscheinlich nicht so gewählt ausgedrückt.

Nein, sagt der Preuße, das haben sie nicht, dafür hat es sich gereimt.

Aber der sture Bock hat kein Beispiel sagen wollen, was ich auch an ihn hingebettelt habe.

Sein Kardinalfehler, sagt er, er hätte seine Beweise einfach nur bei der nächsten großen Besprechung auf den Tisch legen müssen und alles paletti, weil Zeugen ohne Ende. Aber er hat vorher einen ins Vertrauen gezogen von der Steuerfahndung, auch so jung wie er, den hat er ein bisschen gekannt, der hat sich auch gleich um das Praktische gekümmert.

Auf einmal, sagt der Preuße, sind sie alle ganz freundlich gewesen und Respekt und alle Achtung und gelobt an allen Ecken und Enden. Und erst wie es zu spät gewesen ist, hat er gemerkt, dass sie ihn weggelobt haben.

Aber dann hat er hinten herum mitbekommen, sagt er, dass der Kollege von der Steuerfahndung einen Termin beim Minister gehabt hat, wegen seiner Zukunftsperspektiven und Ehrenurkunde für den großen Erfolg und auch noch Beförderung auf A15, sprich Direktorengehalt.

»Aber du hast doch deine Unterlagen«, habe ich gesagt.

Nein, sagt der Preuße, er hat es gemacht, wie sich das gehört und alles übergeben, wie er gegangen ist.

Scheiße, habe ich gesagt.

Noch schlimmer, sagt der Preuße, weil der Kollege von der Steuerfahndung ist der Neffe von seinem stellvertretenden Referatsleiter gewesen, da ist so etwas leicht eingefädelt.

»Von daher«, sagt er, »gibt es von mir nur noch Komplettlösungen.«

»Und das heißt?«, sage ich.

»Dass ich mich auch um das Praktische kümmere«, hat der Preuße gesagt.

Ich habe gesagt, ich habe Schwierigkeiten, dass ich mir die Komplettlösung bei einem Bären vorstelle, aber der Preuße hat nicht hingehört.

»Nicht einmal einen Dienstwagen haben sie mir gegeben«, sagt er.

Dienstwagen. Auch eine von seinen fixen Ideen. Frag einmal die Leute, warum sie im Leben etwas werden möchten. Unter Garantie, die meisten werden dir etwas vormachen und sich selbst gleich mit. Hohe Ziele, dass ich nicht lache. Kieferorthopäde will einer nicht werden, damit die Menschheit schöner lächelt, sondern wegen dem Porsche. Sonst würde er nicht unschuldigen Kindern die Zahnschachtel verdrahten, dass es nur so quietscht. Sondern nur den Leuten, die bei viel Verkehr am Steuer träumen und dann beim Bremsen ins Lenkrad beißen müssen, weil da kennt die Physik keine Gnade. Und was dem Zahnspangler sein Porsche, das ist dem Bankdirektor sein Geländemercedes, mit dem er beim Jagern dem Bürgermeister vorprotzt. *Cherchez la voiture*, meine Meinung.

Beim Preußen ist es ein Dienstwagenfernziel gewesen. Kategorie schwarzer Siebener BMW mit Chauffeur. Mir persönlich ist so etwas egal, aber ein junger Beamter kann sich schon gedemütigt fühlen, wenn er mit seinem privaten gelben Japaner auf Dienstreise gehen muss. Formalitäten ohne Ende, Reiseantrag jedes Mal extra, zickige Abrechnungstanten und Knautschzone ist gleich Fahrgastraum. Und wenn du dir jeden Tag den schwarzen Hobel vom Ministerialdirektor anschauen musst, dann kann so ein Dienstwagen der reinste Fetisch werden, vor allem wenn du das Gefühl hast, dass du dir auch nicht weniger den Arsch aufreißt.

Übrigens, der Wirt hat sich auf meinen Anruf mit »Schwartelmeier« gemeldet und akzentmäßig kann ich ihm gerne das Austria-Gütesiegel bescheinigen. Da soll sich keiner mokieren, wenn so einer bei uns einheiratet. Legitime Republikflucht, wenn man weiß, was schwarteln[x] bei den Österreichern bedeutet. Und Meier hinten daran frisiert jeden Ausdruck auf, weil das Meier bringt etwas Professionelles, Routiniertes. Vergleiche einmal einen »Schwartler« mit einem »Schwartelmeier« und du siehst sofort, Gelegenheitstäter und Fachmann. Da soll man nicht lachen, weil der Wirt kann nichts dafür, wo sich seine Vorfahren spezialisiert haben, aber ich kann auch nicht aus meiner Haut. Ich wollte es dem Preußen gerade sagen, damit er aus seinem Dienstwagenblues herauskommt, aber unsere Abholung ist dazwischengekommen.

Ich denke mir oft, wo soll das hinführen, wenn schon Kinder mit sechzehn einen John Deere fahren, dass du meinst, der Panzerführerschein ist noch zu wenig. Wobei, jetzt wo ich Kind gesagt habe, hast du einen falschen Eindruck. Vielleicht stellst du dir besser einen pubertären Neandertaler vor oder so etwas. Im Fahren gut, im Reden schlecht, der Kerl hat etwas gegrunzt, den gelben Japaner angehängt, und wenn der Preuße und ich uns nicht beeilt hätten, dann wäre die Abholung exklusiv für den gelben Japaner gewesen und wir hätten hinterherschauen können. Der Preuße ist ins Auto, noch schnell Handbremse lösen und den Gang heraus und ich auf den Beifahrersitz vom Bulldog, Baujahr Anno Tobak, über dem linken Hinterrad. Der Grunzer hat das Gas durchgetreten, dass die Vorderräder aufgestiegen sind und ab durch die Mitte.

Es ist schon ganz dunkel gewesen und deswegen habe ich mir zuerst gedacht, das Ding auf dem anderen Beifahrersitz, mir gegenüber, ist ein großer Sack mit irgendetwas drin. Aber wie der Preuße das Licht vom gelben Japaner eingeschaltet hat, da habe ich gesehen, da sitzt einer und der grinst mich an. Das Weiße in seinen Augen hat geleuchtet, dass du gemeint hast, es kommt von innen und das darfst du mir glauben, so ein Grinsen, das wäre dir auch durch und durch gegangen. Das musst du dir vorstellen, an einem lebendigen Menschen, so ein Grinsen wie von einer Wurfstandfigur, die immer noch grinst, wenn du ihr den siebzehnten Ball ins Gesicht gepflastert hast. Bei uns hat es einen gegeben, der hat immer gesagt, bist du Amboss, sei geduldig, bist du Hammer, schlage zu, und das Grinsen war das von einem Amboss, der keine Eile hat, aber warte nur.

Reden habe ich bald aufgegeben, aber er hat endlos ein Lied gesummt, ich habe die Melodie irgendwoher gekannt. So eine langsame Melodie, fast gruselig schön, wie gemacht für eine Nacht im Sommer, wenn dir der Fahrtwind einen Scheitel zieht. Vom Text habe ich nicht viel verstanden in dem Bulldoglärm. Immer wieder etwas von einer Kreszenzia und ihrer Tante, der schönen Klara. Da hat der Texter dem Komponisten nicht das Wasser reichen können, gibt es ja oft.

Aber kein Begriff, wie wir durch die Nacht gebrettert sind. Der Grunzer mit dem Kopf fast unter dem Steuerrad, kein PS zu viel an den Luftwiderstand verschenken, und der Grinser singt mir etwas von seiner Tante. Dahinter der Preuße, durchgebeutelt im gelben Japaner, so weiß im Gesicht, dass es auch ohne Scheinwerfer gegangen wäre. Ich habe mir gedacht, der Preuße wird keine große Hilfe sein, wenn die zwei im Wald stehenbleiben und uns der Länge nach aufschneiden wollen, nur damit sie einmal sehen, wie es im Menschen inwendig ausschaut. Aber das glaubst du jetzt nicht, auf einmal hört der Grinser mit dem

Singen auf und springt. Salto rückwärts in die Dunkelheit. Mir ist es kalt in die Fingerspitzen geschossen, Schreien unmöglich, dafür der Preuße gehupt wie ein Stier. Wenn es der Grunzer bemerkt hat, dann hat er sich gut verstellt. Gleich darauf Straßenbeleuchtung, Häuser, Kirche und dann ist der Grunzer beim Zapflwirt in den Hof eingebogen.

Ich habe kalkuliert, jetzt speit mir der Preuße gleich aufs Hemd, aber wie ich dem Grunzer einen Zehner gegeben habe, rein aus Dankbarkeit für das nackte Überleben, hat er sich gleich wieder gefangen. Wo wir denn hinkommen, wenn ich gleich am Anfang das Geld so hinausschmeiße.

Der Schwartelmeier war dann eine Überraschung. Weil ich muss zugeben, ich habe ihn mir als eine müde Version vom Preußen ausgemalt, mit Blick nach innen, wie er sich gerade wieder eine Variante überlegt, du verstehst schon, vielleicht ein bisschen bucklig. Zur Stimme am Telefon hat das schon nicht gepasst, aber da ist der Name noch stärker gewesen. In Wirklichkeit ein Mann wie ein Baum, nicht so ein Stopfpilz wie der Preuße.

»Was mach ich jetzt mit euch?«, hat er gesagt.

Das Wirtshaus hat gebrummt wie eine Trafostation, so viele Leute. Und wenn du genauer hingeschaut hast, hast du gemerkt, die gehören alle zusammen, das ist wie der Unterschied zwischen einem Haufen Fliegen und einem Bienenschwarm. Der Schwartelmeier hat erklärt, es ist ein Filmteam und Sachzwang, er hat denen unsere Zimmer gegeben, wegen einmaliger Chance für den Ort, wenn da schon einmal ein Film gedreht wird. Aber er hat einen gemütlichen Dachboden und zwei Schlafsäcke und morgen überlegt er sich etwas. Natürlich, der Preuße hat sich auch etwas überlegt, nämlich dass die Variante Reisekosten spart, aber »ausgezeichnet« sagt man zu so etwas nicht, meine Meinung. Immerhin, der Grunzer hat unser Gepäck auf den Dachboden gebracht. Einmal ist er ausgerutscht und es hat ihn mit der Profi-Pinnwand vom Preußen die halbe Stiege rückwärts hinunter. Kein Kratzer an der Pinnwand, echtes Qualitätsprodukt, und der Grunzer hat es auch gut weggesteckt, aber gefallen hat es ihm nicht. Vielleicht ein Ausgleich für die Höllentour auf dem John Deere, damit die kosmische Balance im Blockuniversum wieder in Ordnung gekommen ist.

Zum Abendessen, du hast die Tische vor lauter Leuten nicht gesehen in der Gaststube. Der Preuße und ich ganz verloren, da sehe ich zwei Frauen, altersmäßig zwischen ihm und mir, allein an einem Tisch in der Nähe von der Stiege. Da war noch frei, schätzungsweise für eineinhalb Personen. Natürlich, der Preuße ein bisschen gehemmt im Umgang mit Frauen, knallrot wie ein Seekrebs, der hätte lieber vom Boden gegessen, aber bei so etwas gebe ich nicht nach. Ob wir uns dazusetzen dürfen. Die Brünette schaut auf.

»Gernä«, sagt sie, und so eine musikalische Stimme hörst du selten, aber bei den Tschechinnen ist das genetisch. Die Blonde hat auch gelächelt. Wenn ich Wuchtbrummen sage, dann hast du eine Vorstellung, aber du darfst nicht in Richtung ordinär denken.

»Leni«, sagt die Brünette und deutet auf die Blonde. »Maxi«, sagt die Blonde und zeigt auf die Brünette und auf einmal habe ich das Gefühl gehabt, uns schaut die ganze Gaststube zu. Der Preuße hat es auch gemerkt.

»Klugi«, sagt er ganz schnell und zeigt auf mich, wie wenn er mich abstechen möchte.

»Preußi«, sage ich und lasse mir Zeit dabei.

Großer Publikumserfolg, aber ob die Maxi und die Leni es wirklich verstanden haben, kann ich dir nicht sagen. Auf jeden Fall, für das Lachen von der Maxi hätte ich es noch einmal gemacht. Und wenn es den Preußen zerrissen hätte, vor lauter knallrot. Stromausfall angenommen, mit dem hättest du immer noch die schönste Puffbeleuchtung gehabt.

Die Verständigung nicht ganz einfach, aber angenehm, und ich habe am Anfang alles allein machen müssen, weil der Preuße war mit Leuchten beschäftigt. Aber ich habe herausbekommen, dass die zwei Musik studiert haben, in Prag, und sie spielen mit in dem Alpenmusicalfilm, wegen dem wir kein Zimmer mehr bekommen haben. Nach zwei Stunden war die Zeche auf drei Schweinsbraten, einen griechischen Bauernsalat, neun Bier und ein Mineralwasser, du darfst raten. Und in dem Bauernsalat muss etwas gewesen sein, weil der Preuße ist auf einmal geworden. Aber strategisch unklug, er hat der Leni seine ganze Dienstwagenphilosophie eingekippt. Unwahrscheinlich, dass sie mehr als zehn Prozent mitbekommen hat, aber das kennst du, der Preuße war einer von den Leuten, die schmieren dich mit Text ein wie mit Vogelleim. Du hast genau gemerkt, die Leni hat zurück gewollt zur Maxi und zu mir, aber der Preuße gekleistert auf Biegen und Brechen, keine Chance. Das Schöne, ich war mit der Maxi quasi allein.

»Ihr schläft auf Dachboden?« Sie hat große Augen gemacht, auch noch ein süßes Muttermal auf der Wange, Schwäche von mir.

»Nicht, wenn du …«, habe ich angefangen, aber da hat sie schon gelacht.

»Wirde fier dich bedeiten Änderung um hundert Prozänt«, hat sie gesagt und dann ist sie ziemlich geschäftsmäßig geworden.

»Morgen viele Arbeit.« Das ist die Sprache, die der Preuße verstanden hat, immer Verständnis für die Arbeit, und er hat die Leni anstandslos freigelassen. Die zwei sind über die Stiege hinauf und haben auf Tschechisch gelacht.

Oben auf dem Speicher hat der Schwartelmeier für den Preußen und mich vier Europaletten hinlegen lassen, immer zwei aneinander, eine alte Matratze und einen Schlafsack darauf, klassisches Lageristenbett. Und die goldene Regel, so verdreckt und staubig kann ein Loch gar nicht sein, dass es dort kein WLAN gibt. Sonst hätte der Preuße nicht schon am ersten Tag dem Ministerialdirektor schreiben können.

-----------------------------------------------

*Von: Frieder Wanzke wanfried@[redacted].de*

*An: [redacted]@[redacted].de*

*Datum: 4. 8. 2015 22:47*

*Betreff: Bekannt*

*Herr Ministerialdirektor [redacted],*

*Neues Quartier, strategisch ideal, Gesundheitsaspekt bemerkenswert. Augenscheinnahme B-Punkt unauffällig. Lokale Aktivitäten hervorragendes Umfeld für Auftrag. Moral unverändert.*

*Mit freundlichem Gruß*

*i.A. Wanzke, Frieder, Regierungsrat*

-----------------------------------------------

Im Nachhinein, ein paar Tage später, hätte der Preuße ganz anders über den zweiten Tag schreiben können, aber vorher weiß man eben nichts und schon gar nicht, was am Ende wichtig ist. Auf jeden Fall, in aller Frühe sind wir schon wieder mit dem Grunzer und seinem John Deere unterwegs gewesen, nur der Preuße jetzt mir gegenüber auf dem Sitz, wo am Abend davor der Grinser gesessen ist. Aber unter dem Strich kein großer Unterschied, weil der Preuße hat auch gegrinst wie ein neues Fünfzigcentstück. Ich hätte ihm am liebsten eine hineingehauen, weil ein minimaler Komfort ist das Mindeste, was einem auf einer Dienstreise zusteht, meine Meinung. Aber der Preuße gleich Feuer und Flamme, wie uns der Schwartelmeier sagt, dass er nicht viel für uns tun kann, außer wir wollen auf seiner Berghütte übernachten, rustikal und preiswert. Wenn du dich auskennst, dann weißt du, dass es normal bei so einem Schwartelmeier auf einer Berghütte rustikal und teuer ist. Preiswert nur, wenn du das Wasser vom Brunnen holen musst und der Abort von der Sorte, wie ihn noch deine Uroma gehabt hat, wo du beten musst, dass das Holz dich trägt, nicht dass du ein abhärtendes Erlebnis hast. Der Preuße natürlich »Gesundheitsaspekt bemerkenswert«. Und ich bin keiner von denen, die dir erzählen, dass alles immer keimfrei sein muss. Im Gegenteil, du musst dir das Immunsystem so ähnlich vorstellen wie die Bundeswehr. Wenn du der nicht ständig etwas zum Trainieren gibst und dann kommen meinetwegen die Amerikaner und sagen, ihr müsst mithelfen, da und dort das Erdöl retten, sonst spionieren wir euch noch mehr aus. Jetzt, wenn du in dem Moment nicht trainiert bist, dann ist es gleich vorbei mit der Herrlichkeit und darum sage ich, putze lieber den Abort nicht jeden Tag, dein Immunsystem braucht ein paar Keime, damit es üben kann. Aber auf so einem rustikalen Hüttenabort bekommst du leicht zu viel und dein Immunsystem glaubt, es ist der Ernstfall ausgebrochen, sofort Generalmobilmachung. Und dass das nicht gut ist, das hat wahrscheinlich sogar der Einstein gewusst.

Wenn du jetzt die ganze Hütte nimmst und ihre Umgebung, dann hätte es eigentlich nicht Berghütte heißen müssen, sondern eher Waldhütte, aber natürlich, ein Schwartelmeier weiß, welcher Begriff mehr abwirft, rein ökonomisch. Du darfst dir aber nicht so etwas vorstellen wie das Hexenhaus aus Grimms Märchen, sondern einen großen hellen Platz, wo es mit fünfhundert Leuten noch kaum ein Gedränge gibt, und die Hütte am Rand davon. Außen herum ein schöner alter Bergwald mit Fichten, Tannen und Buchen, wenn du die unterscheiden kannst. Hinter der Hütte natürlich schon ein Hang, nicht dass du meinst. Du hast sehen können, dass die Forststraße, auf der uns der Grunzer gebracht hat, weiter bergauf in den Wald hineingegangen ist, aber nicht wohin. Und wenn du weiter nach oben geschaut hast, das war dann schon imposant, da haben dich die Felswände und Gipfel und alles regelrecht angesprungen, da muss man den Schwartelmeier fast wieder verstehen, wenn er seine eigene Auslegung von preiswert hat, Abort hin oder her. Und heute ist es ja so, jeder sucht die Abgeschiedenheit und zurück zur Natur und Romantik, was weiß ich. Aber wenn du in so einer abgeschiedenen Berghütte die Stiege hinunterfällst, dann bist du froh, wenn sie dich nicht erst ein Jahr später finden. Nur damit du merkst, die Schwartelmeierhütte perfekte Illusion von abgelegen, trotzdem keine fünf Kilometer vom Ort entfernt.

Der Grunzer hat sich nicht viel mit uns aufgehalten, aber immerhin, er ist zum Abladen fast stehengeblieben. Ratzfatz unsere Koffer auf den Sandplatz und in einer Staubwolke bergab in den Wald, dass du gemeint hast, der Teufel rennt ihm hinterher oder wenigstens ein mittelgroßer Bär. Der ganze Mann eine einzige Servicewüste.

Exzellent, hat der Preuße gesagt und sich den Staub aus der Hose geklopft.

Du weißt jetzt auch nicht mehr, als ich gewusst habe, darum verstehst du nicht, was der Preuße so exzellent gefunden hat, dass ich ihm schon wieder eine hineinhauen wollte und ich bin eigentlich kein Gewaltmensch. Aber warte, kaum war der Grunzer um die Kurve, hat der Preuße eine Karte ausgepackt und dann habe ich es auch gesehen. Die letzte Ortung vom Bären war genau in dem Hang oberhalb von der Hütte, zu Fuß vielleicht eine, eineinhalb Stunden bergauf. Erstklassiger Zufall. Aber mit Zufällen weißt du es nie, es sei denn, du kennst das Blockuniversum auswendig. Und dann hilft es dir auch nichts.

Solche Hütten haben heute ja oft schon fast alles, Tiefgarage, Jacuzzi, türkische Sauna, Treppenlift, was du willst. Aber mit einem Treibhaus darfst du normal nicht rechnen. Von daher ungewöhnlich, neben der Schwartelmeierhütte hat es sogar zwei gegeben. Der

Schwartelmeier hat uns vorher noch gesagt, wir sollen möglichst einen Bogen darum machen, die gehören so einem körnergefütterten Professor, einem Ossi, der wollte unbedingt dort Treibhäuser haben und er hat gut bezahlt. Aber er regt sich furchtbar auf, wenn jemand seiner Botanik zu nahe kommt. Er hat den Professor auch noch einen Vollidioten genannt, aber nur in Körpersprache. Nicht dass ich so etwas gutheiße, im Gegenteil, ich habe manchmal regelrecht Respekt vor der Wissenschaft und die Treibhäuser tipptopp, rein technisch, aber was drinnen gewachsen ist, da habe ich dem Schwartelmeier im Nachhinein recht geben müssen.

Du kennst doch das Zeug, das seit ein paar Jahren überall wächst. Zwei Meter hoch, hübsche Blüten, dass du fast meinst, eine Orchidee, die Schoten platzen, wenn du sie nur anschaust, und es stinkt, wie wenn es einem Bären sauer aufstößt. *Impatiens glandulifera* heißt es auf schlau, Indisches Springkraut kannst du auch sagen oder von mir aus Drüsiges Springkraut, wenn es sich ein bisschen eklig anhören soll. Da streiten sie doch ständig, die einen, die sagen, gehört ausgerottet und niedergetrampelt und alles, und die anderen, die sagen, Turbo für die Bienen weil leistungsgesteigerter Nektar. Und Assoziationslinie Bienen-Einstein bin ich schon wieder beim Professor. Nämlich nicht dass du glaubst, Rosen, Tulpen, Nelken, vergiss es, der hat alle zwei Treibhäuser hundert Prozent voll mit dem Impatiens gehabt, nichts anderes. Und da fragst du dich schon, warum einer zwei Treibhäuser mit etwas vollpflanzt, wenn es draußen genauso wächst. Weil das habe ich schon beim Herfahren im Wald gesehen, überall wo ein bisschen mehr Licht auf den Boden gekommen ist, ist das Zeug herumgestanden wie ein kleiner Wald im Wald und überall der säuerliche Dunst. Und hinter der Hütte, den Hang hinauf ist es sogar noch mehr geworden. Der Preuße natürlich, ich soll nicht vorschnell über den Professor urteilen, weil das war auch der Preuße, fester Glaube, dass die Obrigkeit im Grundsatz vernünftig handelt. Und als Professor warst du im Preußen seinem Weltbild jetzt keine Hauptobrigkeit, aber eben schon eine Obrigkeit.

Was mich betrifft, schon bei meinem Großvater konsequentes Misstrauen gegenüber der Obrigkeit. Das hat etwas mit einem gesunden Menschenverstand zu tun, meine Meinung. Und mein Großvater hat noch etwas gesagt, nämlich goldene Regel, Berge von unten, Kirchen von außen, Wirtshaus von innen. Da kannst du sehen, die alten Leute, die haben schon etwas gewusst. Wegen Wirtshaus und Kirche lasse ich mit mir reden, wenn es dir wirklich wichtig ist, aber von wegen Berge. Weiß ja niemand mehr, dass Berge gefährlich sind. So ein Berg ist ja heute ein Massensportgerät und keiner kommt auf die Idee, dass einem dort etwas passieren könnte vor lauter Gesundheitsaspekt. Außer es kugelt wieder einmal einer hinunter, aber warte eine Woche, das schreckt nicht lang ab, da kümmert sich schon die Bergindustrie. Darum hat es mir gar nicht pressiert mit der Besichtigung vom B-Punkt, aber der Preuße wollte unbedingt jetzt und sofort. B-Punkt war dem Preußen sein Code für die Stelle, wo sie den Bären zum letzten Mal geortet haben. Und wenn du glaubst, ein Wortspiel auf G-Punkt, dann überschätzt du sein Fachwissen, was Frauen betrifft.

Wie wir hochmarschiert sind, habe ich immer an die Maxi denken müssen, was sie gerade macht und ob sie vielleicht auch an mich denkt, so dumm ist man als Mann. Gleichzeitig hat mir der Preuße in einer Tour erzählt, wie wichtig es ist, dass er Karriere macht und nicht jemand anders, weil nicht auszudenken, wenn Leute Karriere machen, die keine Idealisten sind, so wie er. Der hat das wirklich geglaubt, wenn du mich fragst. Und wenn du mich fragst, wie er denn so viel reden kann, wenn er gleichzeitig mit einem Rucksack hinten drauf bergauf geht, dann muss ich passen, wenn dir nicht als Erklärung genügt, dass er eben ein Preuße gewesen ist.

Es kommt noch dazu, dass der Weg gar nicht so arg beschwerlich war. Auf der Karte hat man schon gesehen, dass der Sandweg, der hinter der Hütte in den Wald geführt hat, ziemlich nah am B-Punkt vorbeigegangen ist. Und Walderschließung ist beim Staat ja das A und O, von daher tipptopp Weg, da hätten wir auch mit dem gelben Japaner hinauffahren können, aber der war noch in Reparatur. Und der Preuße natürlich auf dem Standpunkt, dass es zu Fuß ein gesunder Sport ist.

Übrigens, wenn du glaubst, es ist eine besonders schöne Landschaft gewesen, auf der Wanderung zum B-Punkt, dann muss ich dich enttäuschen. Keine Aussicht, weil überall Wald. Und wenn du dich ein bisschen mit dem Wald auskennst, dann kannst du nur lachen über die Leute, die den Wald für den großen Manitu halten, Harmonie in der Natur und was alles. In Wirklichkeit sind die Bäume den ganzen Tag damit beschäftigt, dass sie sich gegenseitig das Licht und das Wasser und alles wegnehmen, damit möglichst jeweils der andere krepiert und trotzdem schaut es aus wie beim Benjamin Blümchen. Das musst du dir vielleicht vorstellen wie so ein Ehepaar, das sich immer lieb anlächelt, wenn der Pfarrer vorbeigeht, aber kaum sind sie allein, passiert es schon einmal, dass eines die Stiege hinunterfällt. Von daher kann mir der Wald gestohlen bleiben mit seiner ganzen Scheinheiligkeit. Und es sind ja nicht nur die Bäume, sondern das Zeug, das darunter wächst, ist ja mindestens genauso brutal. Und an die Viecher mag ich gar nicht denken.

»Da sind wir«, hat der Preuße gesagt. Gewusst hat er es von seinem Taschen-GPS-Gerät.

Ich glaube, es schadet nicht, wenn du dir vorstellen kannst, wie es am B-Punkt ausgesehen hat. Der Hang war schon steil, aber nicht so steil, dass es mit dem Gehen schwierig geworden wäre. Der Weg ist jetzt quer zum Hang verlaufen, eigentlich sogar ein wenig bergab, auf eine Felsnase zu. Auf der Felsnase hat der Weg eine spitze Kurve gemacht und dann wieder leicht bergauf und man hat sehen können, dass er dort hinten schon bald kein richtiger Weg mehr war, höchstens ein schmaler Steig, auf dem man nach Österreich hinüber gekommen wäre, nur mehr ein Katzensprung. Aber so weit haben wir schon nicht mehr gemusst, weil dem Preußen sein »da sind wir« war genau auf der Felsnase. Das hat schon gut gepasst, rein dramaturgisch. Der wirkliche B-Punkt war aber nicht genau auf der Felsnase, sondern vielleicht fünfzig Meter den Hang hinunter. Natürlich, der Preuße ist gleich hin wie ein Bluthund, weil er hat sich ausgemalt, wenn er auf Anhieb etwas vom Bären findet, dann überholt er karrieremäßig in vierzehn Tagen den Ministerialdirektor inclusive Dienstwagen. Dramaturgisch hätte jetzt auch ein Indiz gepasst, irgendetwas Kryptisches, eine weggeworfene Dose Bärenmarke zum Beispiel, aber für meinen Geschmack dann doch zu dick. Und deswegen habe ich den Preußen alleine herumschnobern lassen, nicht dass noch vier Augen wirklich etwas sehen. Offiziell meine Fassung natürlich, dass man zu zweit eventuell mehr Spuren zertrampelt.

Wie er wieder heraufgekommen ist, ist er ziemlich verschwitzt gewesen und Enttäuschung hoch drei. Er hat gesagt, es muss etwas dort sein und er findet es nur nicht. Ich habe gesagt, es kann zumindest kein toter Bär sein, weil der wäre jetzt vollreif gewesen und er hätte bei Gegenwind noch bis hinunter zur Hütte gestunken. Wobei, dort sind wirklich große Flecken von dem Springkraut gewachsen, das stinkt schon auch, aber ich glaube nicht, dass es dagegen ankommt, wenn daneben ein toter Bär saftelt. Jedenfalls im Endeffekt »Augenscheinnahme B-Punkt unauffällig« in der E-Mail an den Ministerialdirektor. »Moral unverändert«, weil er meine Ausrede von wegen Hilfe bei der Spurensuche doch nicht geschluckt hat.

Es hat nicht viel auf fünf gefehlt, wie wir wieder bei der Hütte unten waren. Der Preuße hat gerade aufgesperrt, da haben wir gehört, dass von unten ein Bulldog kommt, mit Karacho, dem Geräusch nach mit etwas im Schlepptau und das ist dem Fahrer egal. Du kannst dir schon denken, es ist der Grunzer mit seinem John Deere gewesen, aber darauf, dass hinten daran der gelbe Japaner gehangen ist, wärst du vielleicht nicht gekommen. Ich muss ehrlich sagen, der Preuße als Autofahrer ist eher die Unterkante gewesen, keine Scheu vor dem Bordstein, aber so etwas hätte er dem gelben Japaner nicht angetan. Die Hinterräder waren auf dem Boden, vorne war er mit einer Kette am John Deere festgemacht, aber ein Stück angehoben und rumsbums die Waldstraße hinauf, was das Zeug hält. Wie der Grunzer vor der Hütte angehalten hat, habe ich mir zuerst gedacht, die Vorderräder vom gelben Japaner wackeln noch nach, aber dann habe ich gesehen, dass innen einer am Lenkrad sitzt. Und mir ist ein ziemlicher Schreck eingeschossen, wie ich den erkannt habe.

Ich bin ja nicht einer von denen, die immer sagen, früher war alles besser. Da sind die Leute schon wirklich unüberlegt, schimpfen über die Antibiotika, dass die einem das ganze Psychosoma gegen den Strich bügeln, und die Uroma, die hat einen Schweinsbraten gekonnt, ganz ohne Chemie, wo du heute nur noch davon träumen kannst, so etwas bekommt niemand mehr hin. Aber wenn du genauer hinschaust, dann ist seinerzeit die Uroma an einer Lungenentzündung gestorben, weil sie haben nur Wadenwickel gehabt, und da war sie einfach nicht mehr entspannt genug, dass sie das Rezept noch weitergesagt hätte. Auf der anderen Seite, früher haben sie jeden brauchen können, da hat es keinen gegeben, der ohne eine Aufgabe herumgestanden ist. Und wenn heute ein junger Mensch auf die Welt kommt und ist ein wenig zurückgeblieben, dann wird er versteckt, man schämt sich, weil ja schon die Aufpasser vom Wertstoffhof haben Abitur und alle sind froh, wenn er am Ende in einem Heim landet, wo sich hoffentlich jemand um ihn kümmert, irgendwie. Während früher, da ist so einer ein Dorfdepp geworden, und nicht dass du meinst. Nämlich da hat einer erst beim amtierenden Dorfdeppen in die Lehre gehen müssen und die weniger wichtigen Jobs bekommen, zum Beispiel Gaudium für die Kinder und Jugendlichen. Meistens ist es eine Art Nachrückverfahren gewesen, wenn der alte Dorfdepp gestorben ist, dann sind die anderen alle einen Dienstgrad aufgestiegen. Und als einer von den besseren Dorfdeppen bist du schon im Sicherheitsbereich tätig gewesen. Wenn irgendwo eine Sau verreckt ist, dann hast du ein schönes Stück Fleisch bekommen und wenn du nach ein paar Tagen immer noch fidel warst, haben sie gewusst, sie müssen die tote Sau nicht wegschmeißen. Oder sie haben dich in den Staatsforst mitgenommen, zum Brennholzstehlen, und deine Aufgabe, einfach nicht weglaufen und das Gleiche sagen wie sonst auch, wenn der Förster kommt. Entlohnung in Naturalien und selten ein Dorfdepp, den es im Winter gefroren hat und der nicht vernünftig ernährt gewesen ist. Das Ganze nicht geschenkt, sondern ehrlich verdient, ein ganz anderes Selbstwertgefühl, meine Meinung. Da muss man sich freuen, wenn es so eine Tradition noch irgendwo gibt.

Und da kannst du einmal sehen, so einen Dorfdeppen von der alten Schule hat es dort noch gegeben und das war der Grinser. Scheinbar hat er gern ein wenig beim Grunzer ausgeholfen, weil er ist am Steuer vom gelben Japaner gesessen, aber mit den Rädern in der Luft, weißt du ja schon. Und da sage ich, kein Problem, dann kann er wenigstens einmal Auto spielen und was soll schon passieren. Nicht ganz der Hit natürlich, er hat die ganze Zeit mit den Lippen brumm-brumm gemacht, Ersatzmotorengeräusch, und der Preuße hat hinterher gleich als Erstes die Windschutzscheibe von innen putzen müssen.

Ich bin ja erschrocken, wie ich ihn gesehen habe, von wegen gespenstischer Auftritt hoch drei am Abend davor, und ich habe schon nicht mehr gewusst, ist es die Wirklichkeit gewesen oder meine Nerven. Aber im Sonnenlicht eine harmlose Erscheinung und du hast sofort gesehen, das ist ein Exemplar von einem besser gestellten Dorfdeppen. Natürlich voller Dreck und Speck, dass du nicht gewusst hast, südländischer Typ oder einfach nur Patina, aber gute Springerstiefel von der Bundeswehr und eine lange Hose aus Leder wie sie die Jäger manchmal haben. Dazu ein rot-weiß kariertes Holzhauerhemd und Hosenträger darüber, der klassische Jodlertourist, rein vom Oberkörper her. Weil ich vorhin südländischer Typ gesagt habe, lange schwarze Locken, große dunkle Augen, wenn der sich gewaschen hätte, da weiß ich nicht, wie viele Frauen da gesagt hätten, es genügt, wenn ein Mann bis drei zählen kann und auch das keine unbedingte Voraussetzung. Und vielleicht kennst du die einfachen Militärmützen, grün, mit einem Schirm vorne, die stehen nicht jedem, aber dem Dorfdeppen hat seine einen schneidigen Touch gegeben. Wenn er nicht so blöd gegrinst hätte, die ganze Zeit, hättest du glatt gesagt, er ist ein Offizier. Das i-Tüpferl auf der Mütze war übrigens der rote Stern mit den fünf Zacken, auch sehr schneidig, aber ich habe mir gedacht, Zufall, nicht Überzeugung. Von einem Dorfdeppen darfst du nicht erwarten, dass er dir die Internationale vorsingen kann.

Er hat aber ständig eine Melodie gebrummt, wie er dem Grunzer beim Japaner-Abhängen geholfen hat, und ein paar Wörter waren auch dabei. Genau wieder dieses schöne Lied mit dem saublöden Text von der Tante Klara und der Kreszenzia. Lustig auch, rein gestaltmäßig, der Grunzer und der Grinser sind eine Parallele zum Preußen und mir gewesen, der eine ein Stumpen und der Grinser mehr groß und schlank, damit ich nicht dürr sagen muss. Und die Kinderbuchschreiber sagen ja immer, pädagogisch wertvoll, jeder Mensch hat irgendein Talent, etwas, das er am besten von allen kann, kosmische Balance, Ausgleich für seine Schwächen, damit die ihn nicht so hinunterziehen. Darum darf man den schrägen Berti mit der Fistelstimme und den Schlagohren nicht einfach auf dem Pausenhof zusammenhauen, wer weiß, ob er nicht einmal mit seinem selbstgebauten Sprachcomputer die Marsmenschen überreden muss, dass sie den Schuldirektor wieder freilassen.

Beim Grinser war das vielleicht sogar richtig, weil da hat jeder Handgriff gepasst, eventuell großes praktisches Geschick als Gegengewicht für die Defizite im Kognitiven. Insgesamt aber Unsinn hoch drei der ganze Talentausgleich, wenn du mich fragst. Nimm die heutigen Handwerker, da verlässt du dich lieber nicht darauf, dass sie wenigstens im Theoretischen begabt sind.

Der Grunzer hat schon wieder den John Deere angelassen, aber der Grinser hat ein Kuvert aus seiner Brusttasche gezogen und ist damit zu mir. Das war die Rechnung von der Autowerkstatt, die reparieren einen gelben Japaner auch nicht mehr umsonst und darum habe ich gleich auf den Preußen gezeigt. Wenn du dich wunderst, warum sie den gelben Japaner nicht einfach direkt hergefahren haben, ganz ohne John Deere, dann musst du daran denken, der Grunzer noch zu jung und der Grinser zwar alt genug, aber das ist der einzige Nachteil, wenn du heute ein Dorfdepp bist, sie geben dir keinen Führerschein.

Der Grinser drückt also dem Preußen die Rechnung in die Hand, aber komisch, er ist vor ihm stehen geblieben. Der Preuße will zur Seite weg, erst links, dann rechts, dann nach hinten, aber keine Chance, der Grinser hat immer die Richtung gewusst, wo es der Preuße gleich probieren wird, und wenn du so etwas kannst und du bist auch noch schnell, dann kannst du einem konsequent den Fluchtweg verstellen, Blockade hoch drei. Dazu freundliches Grinsen von der Sorte Das-kann-ich-ewig-spielen, das ist wichtig, wenn du einen fertigmachen willst. Der Preuße hat mich von der Seite angeschaut, dass ich etwas tun soll, weil verstanden hat er natürlich nichts.

»Preuße«, habe ich gesagt, »du musst an die Expeditionskasse«.

»Ach so«, sagt der Preuße und gibt ihm ein Zwei-Euro Stück.

Der Grinser hat die zwei Euro genommen, aber weggegangen ist er erst, wie sie bei zwanzig waren.

»Ich brauche aber eine Quittung«, hat der Preuße noch gesagt, aber nur, wie es im Neuen Testament heißt, damit sich die Schrift erfüllt hat. Gehört hat ihn nur noch die Staubwolke, die sie beim Wegfahren gemacht haben. Da kannst du über den Preußen lachen, aber wenn du beim Staat bist und keine Quittung hast, dann bleibst du auf deinen Ausgaben sitzen, auch wenn du ihm schon tausendmal beim Sparen geholfen hast.

In der Hütte war unten eine große Stube, Küche und alles, oben waren die Zimmer mit den Betten und ein größerer Raum, den hat der Preuße gleich zum Besprechungsraum befördert. Ich weiß nicht, vielleicht erinnerst du dich noch an die Zeit, wo die Bauernmalerei große Mode gewesen ist. Jede Hausfrau hat da ihre Ambitionen gehabt und sie hat auch noch den verhautesten Küchenkasten und den letzten Melkschemel mit Tölzer Rosen, Kammzugtechnik und alten Jahreszahlen zugemalt. Irgendwann kannst du es aber nicht mehr sehen, beim besten Willen, und dann fragst du dich, wohin damit, die Möbel sind ja noch gut, rein technisch. Jede Wette, der Schwartelmeier hat damals zu seiner Frau gesagt, nicht so schlimm, stellen wir sie einfach in die Hütt'n, im zweiten Stock ist noch Platz. Jetzt kannst du dir unseren Besprechungsraum vorstellen. Dem Preußen hat das natürlich gefallen, weil Karriere und guter Geschmack, da kannst du nicht beides haben.

Und er hat gleich noch einen draufgesetzt, nämlich mit seiner Profi-Pinnwand. Das lernen ja die jungen Ministerialbeamten heute schon im Führungskräfte-Grundkurs, dass du ohne eine Profi-Pinnwand praktisch zum Scheitern verurteilt bist. Du brauchst natürlich auch bunte Karten, dicke Filzstifte und die richtigen Profi-Stecknadeln, sonst ist es alles nichts.

Er hat eine sechseckige gelbe Karte genommen, »Bär« darauf geschrieben und in die Mitte von der Pinnwand geheftet. Und dann eine grüne ovale Karte »Schwartelmeier«, eine blaue »Traktorfahrer« für den Grunzer, eine rote »Behinderter«, politisch korrekt für den Grinser, eine weiße rechteckige »Sängerinnen (tschechisch)«. Die Karten hat er rund um die Bärenkarte hingeheftet, immer wieder umgesteckt und gesagt, dass ihm das beim Nachdenken hilft, weil er ein visueller Typ ist.

Heute ist ja jeder ein visueller Typ, wage es nicht zu sagen, dass du kein visueller Typ bist. Wie das auf einer gebildeten Abendgesellschaft ankommt, da könntest du auch sagen, du hast Mathematik schon in der Schule gemocht, und von Aloe vera ist dir auch noch kein einziger Abszess weggegangen. Von daher muss ich ehrlich sagen, bin ich auch ein visueller Typ. Und obwohl zwei visuelle Typen ist es dem Preußen nicht aufgefallen und mir auch nicht, wie wir mit dem gelben Japaner in den Ort hineingefahren sind, zum

Abendessen beim Schwartelmeier. Da waren nämlich überall Plakate von wegen einem Konzert zum Film »Die Gipfelköniginnen« und zwei aufgebrezelte Älplerinnen darauf.

In der Gaststube beim Schwartelmeier wieder alles voller Filmteam, aber nicht so schlimm wie am Abend davor. Waren scheinbar noch welche draußen wegen Ambiente, Rehlein und Buchfinken filmen, für den Abspann, wo dann die Namen darüberlaufen und die Outtakes, wo der Regieassistent den Steilhang hinuntersegelt oder so etwas. Ich natürlich gleich geschaut, ob die Leni und die Maxi da sind, aber an dem Tisch sind die zwei aufgebrezelten Gipfelköniginnen vom Plakat gesessen, Bauernmalerei hoch drei, und von zwei Typen belagert. Und erst wie die eine so bedauernd zu mir hergelächelt hat, habe ich die Maxi erkannt. Da war sie mir gleich noch sympathischer, weil bescheiden, die zwei haben uns nur gesagt, dass sie bei dem Film mitspielen, kein Wort von der Hauptrolle. Ich glaube auch, dass sie das Aufgebrezelte gar nicht so gemocht haben, aber Rolle ist halt Rolle und wenn du die Hauptdarstellerinnen in einem Alpenmusicalfilm bist, dann weißt du, dass du dich anders anziehen musst und mehr Rouge auflegen als für eine Doku über die Rosa Luxemburg. Der eine von den beiden Typen, der junge Blasse, hat konsequent seine Augen nicht von der Maxi ihrem Ausschnitt wegbekommen, und wenn doch, dann ist er gleich darauf in der Leni ihrem Ausschnitt eingerastet. Mich hat er an den dummen Sohn vom Dracula erinnert, den habe ich einmal in so einem Vampirfilm gesehen. Der andere war älter, und der hat mich auch an jemanden erinnert, aber mir ist nicht eingefallen an wen, nicht ums Verrecken. Viel souveräner als der Juniorvampir, obwohl der hat den beiden auch in den Ausschnitt geschaut, kannst du dir denken bei dem Angebot. Aber wenn einer das richtige Hinschauen beherrscht und charmanten Text dazu, dann fühlt sich eine Frau fast geschmeichelt und will schon etwas herzeigen, da ist der Souveräne nicht schlecht gefahren. Alle zwei haben Anzüge angehabt, aber der Souveräne hat den seinen ganz anders ausgefüllt als der Blasse. Natürlich, sagst du, wenn einer souverän ist, dann steckt er ganz anders in seinem Anzug als ein Hosenscheißer, aber, das kannst du nicht wissen, der Souveräne ist auch noch ziemlich dick gewesen. Und deswegen schon gar keine Chance, dass wir uns dazugesetzt hätten. Dazu kommt, dass ich mir gedacht habe, der Souveräne ist vielleicht der Produzent und der Vampir sein Kofferträger, also eh interne Besprechung.

Der Preuße, glaube ich, ist ziemlich froh gewesen, dass es keine Damengesellschaft gegeben hat, sondern nur er und ich zwei Tische weiter.

»Exzellent, dass dieses Filmteam da ist«, hat er gesagt, »da fallen wir nicht so auf.«

Der Schwartelmeier ist gekommen, was wir essen wollen und ob es uns auf der Hütte taugt. Der Preuße hat gesagt, einfach idyllisch und so viel Natur, da gibt es doch bestimmt seltene Tiere, zum Beispiel Bären. Mir hat er zugezwinkert, damit ich merke, Fangfrage. Der Schwartelmeier hat gelacht, der letzte ist nicht alt geworden, aber das war woanders.

Nichts gefangen, habe ich mir gedacht, aber man muss Geduld haben. Ich habe mein Schnitzel schon fast gegessen gehabt, wie der Preuße aus dem Mundwinkel sagt, ich soll hinüberschauen, aber vorsichtig. Da schau her. Der Schwartelmeier hat den Maxi-Leni-Souverän-Vampir-Tisch bedient, höchstpersönlich, obwohl das vorher die ganze Zeit seine Kellnerin gemacht hat. Und lang hat es nicht gedauert, da hast du gemerkt, die Typen interessieren sich für uns, in erster Linie, weil der Vampir so auffällig unauffällig hergestarrt hat. Dem Souveränen hast du gar nichts angesehen. Der hat das Hinschauen ganz anders beherrscht.

Wir sind dann bald gegangen. Wie ich mich in der Tür umgedreht habe, noch ein Blick von der Maxi über die Schulter vom Vampir, dass ich mich nicht ausgekannt habe, lächelt sie mich an, oder lacht sie über mich. Und für den Fall, dass du die goldene Regel vergessen hast, so mittelalterlich kann ein Abort gar nicht sein, dass die Hütte, zu der er gehört, kein WLAN hat.

------------------------------------------

*Von: Frieder Wanzke wanfried@[redacted].de*

*An: [redacted].de*

*Datum: 5. 8. 2015 18:19*

*Betreff: Bekntpf*

*Herrr Minerialdirktor [redacted],*

*Etrse Verdchtsmomnte. Neter Hunnd. Frschungsstette in Augnschn genmmen. Mral bfriedignd*

*Schön Amd*

------------------------------------------

Daran kannst du sehen, dass der Ministerialdirektor die E-Mails vom Preußen ganz bestimmt nicht gelesen hat. Und wenn du von mir verlangst, dass ich die Olbers Kathi mit einem Wort beschreibe, dann sage ich Outdoorschönheit. Nicht mein Typ als Frau, wenn du die in den Arm nimmst, dann fühlt sie sich an wie eine luftgeselchte Salami, garantiert, aber als Mensch, da kannst du nichts sagen. Und wenn du nicht zäh bist, wirst du nicht Chefin von einem Staatsforstbetrieb und als Frau schon zweimal nicht. Du musst sogar so zäh sein, dass dir die Zähigkeit deine ganze Erscheinung formt, ob du willst oder nicht. Dann kannst du auch die Trekkingsachen im Büro anhaben, ohne dass es peinlich ist. Interessanter Kontrast übrigens zum Preußen, der hat praktisch immer eine graue Lodenjoppe angehabt mit einem grünem Kragen, grünen Rändern in den Knopflöchern, schwarze Haferlschuhe auf Hochglanz und Blue Jeans wegen dem Touch von gemäßigt unkonventionell, damit kannst du bei uns als Jungbeamter in einem Ministerium nicht viel falsch machen.

Ich habe die Kathi noch von früher gekannt, von der Uni, und siehst du, da sind wir wieder beim Einstein, aber wo er einmal keinen Unsinn erzählt hat, nämlich dass die Zeit für einen langsamer läuft, wenn er schnell unterwegs ist. Der beste Beweis, die Kathi körperlich ein Bewegungstyp hoch drei, fährt einen BMW von der stärkeren Sorte und die hat als Studentin schon genauso gegerbt ausgesehen wie jetzt in ihrem Chefinnenbüro. Wahrscheinlich ist sie schon so auf die Welt gekommen und hat sofort gemerkt, dass sie die Zeit aufhalten muss, damit sie nicht mit vierzig daherkommt wie ein tausendjähriger Lederapfel, die kleinen Kinder spüren so etwas ja intuitiv.

»Ich weiß ja nicht, was sich der alte Sesselfurzer davon verspricht«, hat sie gesagt.

Mit »davon« hat sie unseren Bärenjob gemeint und der Sesselfurzer war natürlich der Ministerialdirektor. Da hat es den Preußen aber gerissen. Gesagt hat er nichts, weil einen Ministerialdirektor verteidigen und der bekommt es gar nicht mit, das kannst du für die Karriere nicht verwerten. Auf der anderen Seite nicht so klug, jemanden verärgern, der einem vielleicht etwas Wichtiges sagen kann, und hinterher bekommt der Sesselfurzer deswegen nicht genug Ergebnisse, so in etwa dem Preußen seine Kalkulation.

»Frau Olbers«, sagt er, und da hat die Kathi zur Decke geschaut, weil wenn jemand immer noch Sie zu dir sagt, obwohl du ihm schon dreimal die Katharina angeboten hast, dann siehst du die Anlage zu einem Sesselfurzer deutlich vor dir. Kathi nur für mich, wegen alter Bekanntschaft. Also noch einmal.

»Frau Olbers, dort oben, wo der Bär verschwunden ist, Ihnen oder Ihren Leuten ist nichts aufgefallen?«

Die Kathi hat ihm gesagt, dass er sich nicht den Job von einem Förster und erst recht nicht den von einer Forstbetriebschefin so vorstellen darf, dass die jedem Quadratmeter Wald hinterherrennen und dort jeden Tag das Bambi streicheln. Sie hat auch gesagt, dass es ihr im Prinzip völlig wurscht ist, ob null, einer oder zehn Bären bei ihr unterwegs sind, so lange man sie ihren Job machen lässt, und ein Bär kann gern beim Jagern mithelfen. Nämlich die Kathi, das weiß ich, die ist nach Dienstschluss immer gleich in ihren BMW oder in ihren Dienstsuzuki, je nachdem, aber nicht dass du meinst heim zu Mann und Kind, sondern Vollgas hinaus auf die Jagd. Garantiert, du denkst jetzt, ihr ganzes Büro voller Rehgehörne, Gamskrucken und Hirschgeweihe, aber ganz falsch. Alles hell und modern, kein einziger Knochen an der Wand, obwohl allein der Kathi ihre Neuzugänge hätten jedes

Jahr für ein ganzes Jagdzimmer gereicht. Aber die hat das alles nur für den Wald getan, dass er vernünftig nachwächst, weil wenn du nicht aufpasst, fressen dir die Viecher die jungen Bäume ab, ratzfatz, da bist du mit dem Rasenmäher nicht so gründlich. Und ich sage dir, wenn es in zweihundert Jahren im Gebirge noch einen Wald gibt, wo die Drecklawinen auf ihrem Weg zum Marktplatz steckenbleiben, dann können sie der Kathi ein Denkmal aufstellen und Blumen hinlegen, jeden Sonntag.

»Trotzdem«, sagt der Preuße, »gar nichts Auffälliges?«

»Auffällig nichts von einem Bären, nicht tot, nicht lebendig, keine Fährten, kein Riss«, sagt die Kathi. Sie hat ein wenig nachgedacht. »Ja gut«, sagt sie, »von diesem Indischen Springkraut wächst dort noch mehr als anderswo«. Sie hat noch gesagt, das interessiert aber ganz bestimmt keinen Bären, sondern nur den Professor, ob wir den noch gar nicht getroffen haben, den Volltrottel. Den Volltrottel aber nur in Körpersprache.

Sie hat auch gleich gesagt warum Volltrottel, weil wenn einer zwei Treibhäuser hat und dort züchtet er ein Unkraut, das er sich gleich daneben im Freien anschauen kann, so weit das Auge reicht, dann muss sie sich schon fragen. Und dass überhaupt jemand so einen Schwachsinn finanziert, praxisfern hoch drei, sie hofft nur, es sind keine Steuergelder, aber das hat alles nichts mit dem Bären zu tun.

»Wegen des Bären«, siehst du, einwandfreier Genitiv, weil in der Nähe von Hannover gebürtig, »wegen des Bären«, sagt sie, »fragt ihr lieber mal den Döring.« Sie hat gesagt, dass der Döring dort die Staatsjagd gepachtet hat, ob wir den noch gar nicht gesehen haben, der muss doch an der Hütte vorbei, wenn er dort hinauf will. Wir haben gesagt, nein, gesehen haben wir ihn noch nicht, aber das war falsch, wir haben es nur nicht gewusst.

Von selber kann der Bär nicht gestorben sein, hat die Kathi gemeint, das Senderhalsband wäre immer noch auf Funk und stinken würde er in der Zwischenzeit bis zu den Sesselfurzern im Ministerium. Gegen den Wind. Gewildert glaubt sie auch nicht, weil die haben normal nur Spielzeugkaliber, wo sie rennen können müssen, wenn sie einen Bären damit geärgert haben. Dagegen ein Döring, der eh immer jammert, dass es viel zu wenige Rehe und Hirsche gibt, der hätte ein Motiv, das richtige Werkzeug und ein Auto, dem ein Anhänger mit einem toten Bären drin nicht wirklich etwas ausmacht. Wobei sie zugeben muss, sagt sie, dass der Wald oberhalb von der Hütte sogar einigermaßen nachwächst, wenn man bedenkt, wie katastrophal wenig der Döring schießt. Aber insgesamt, sagt sie, wenn in zweihundert Jahren der Bergwald nur noch aus Tradition Wald heißt und die Drecklawinen starten direkt bis zum Marktplatz durch, dann muss man den Döring und seinesgleichen ausgraben und vor Gericht stellen, denen geht es nicht um die

Ökologie, aber schon gar nicht, sondern nur um ihr Hobby. Das macht halt so einem Geldsack keinen Spaß, wenn er wenig Wild sieht, aber dann ist es immer noch genug und genau richtig für den Wald. Man möchte sich wünschen, hat die Kathi gemeint, dass die Politik denen mehr auf die Eisen steigt und nicht immer den Forstleuten Prügel zwischen die Beine wirft.

»Sie mögen den Döring nicht«, sagt der Preuße, als ob er Wunder was herausgefunden hätte.

Die Kathi hat ihn angeschaut wie ein Auto. »Steht irgendwo geschrieben, dass man sich mögen muss?«

Der Preuße hat zwei grüne Karten genommen, auf die eine hat er »Olbers« geschrieben und »Döring« auf die andere. Dann noch »Professor« auf eine blaue. Die hat er alle zu den anderen an die Pinnwand geheftet.

»Was wissen wir über den Döring?«, fragt er.

»Das, was uns die Kathi gesagt hat«, habe ich gesagt und die Augen verdreht, weil wir haben es im Auto schon zweimal gespielt. Und schon »Mral bfriedignd« in der E-Mail an den Ministerialdirektor.

»Trotzdem«, sagt der Preuße, »vor einer Profi-Pinnwand ist es noch einmal etwas anderes.«

Ich habe also gesagt, der Döring leitet seine eigene Privatbank, etliche Filialen international, aber Zentrale hier am Ort, kein Problem im Computerzeitalter, Geschäfte laufen scheinbar gut, ständig Partys und Empfänge, wo er wichtige Leute einlädt. Den ganzen Rest, du weißt ihn eh schon von der Kathi, habe ich natürlich auch noch einmal sagen müssen. Und der Preuße hat derweil an der Pinnwand herumgenestelt, hin und her geheftet, den Kopf schief gehalten, einen Schritt zurück, einen Schritt vor, die Augen ganz eng gemacht, alles wie ein Maler, dem es noch nicht ganz gefällt.

»Wir müssen uns mit dem Döring treffen«, sagt er auf einmal.

»Wahnsinn, so eine Profi-Pinnwand«, habe ich gesagt. Und wenn nicht unten ein Auto auf den Hof gefahren wäre, hätte es sich der Preuße vielleicht gemerkt und für mich dann bestenfalls »Mral ausrchnd«.

Übrigens, bei der Gelegenheit hoffe ich, dass dir der Hermann Göring ein Begriff ist. Der dicke Obernazi, Reichsmarschall, Luftwaffenchef und was noch alles, was der auf dem Kerbholz gehabt hat, das bringst du auf keine Kuhhaut. IQ 138 haben ihm die Amerikaner gemessen, wie er dann schon eingesperrt war, und wenn so einer von Beruf Kriegsverbrecher werden will, dann gibt er keine Ruhe, bis es wirklich raucht. Aber was es nicht alles gibt. Dienstlich das reinste Monster und privat die Liebenswürdigkeit in Person. Ich will ja den Göring nicht in Schutz nehmen, aber dass so einer von seiner Arbeit auch einmal abschalten kann und sagt, für heute ist es gut, Kriegsverbrecher bin ich Montag bis Freitag von dreiviertel acht bis halb sieben, aber jetzt muss ich Oboe üben für einen Wohltätigkeitsauftritt, da braucht es schon Disziplin. Wobei, wahrscheinlich hat der Göring Jagdhorn geblasen, nicht Oboe, weil Reichsjägermeister ist er auch gewesen.

Ich sage das deswegen, weil unten ist ein Jäger aus seinem Geländemercedes gestiegen, der hat dem Göring schon arg ähnlich gesehen. Wenn du ihn dir nicht vorstellen kannst, dann meine Empfehlung, dass du dir ein paar Bilder googelst. Aber du musst welche nehmen von bevor ihn die Amerikaner eingefangen haben. Danach hat es dem Göring nämlich nicht mehr so geschmeckt.

Und mir ist endlich eingefallen, dass es der Göring war, an den mich der Souveräne am Abend vorher erinnert hat, aber da hat er einen Anzug angehabt. Aber jetzt Jagdkleidung mit einem Touch Uniform, keine Fragen mehr. Er hat unten an die Tür geklopft.

»Schnell, geh hin«, sagt der Preuße. Typisch. Ich also hinunter.

»Hermann Döring«, sagt der Jäger, »ich weiß, was Sie jetzt denken. Und das ist der Loisi. Darf ich hereinkommen?«

Der Döring in Person. Da schaust du. Und der Loisi war ein BGS, ein Bayerischer Gebirgsschweißhund[xi], aber unter Profis immer die Abkürzung. Denk dir beim Loisi nicht so einen alten bärbeißigen Jagdhund, sondern der war ein ganz junger verspielter, einer der eine halbe Stunde hinter seinem eigenen Schwanz her fetzen kann und sich jedes Mal neu über seine Schlagohren freut, wenn er mit dem Kopf wackelt.

Der Döring hat nicht nur den Loisi dabei gehabt, sondern auch eine Doppelbüchse, acht siebenundfünfzig IRS[xii], Einzelanfertigung. Vorsichtige Schätzung, die kann gut und gern ein dreiviertel Jahresgehalt vom Preußen wert gewesen sein.

Der Preuße ist jetzt auch heruntergekommen und wir sind alle drei in die große Stube. Der Döring hat die Doppelbüchse ins Eck gestellt wie einen Regenschirm und der Loisi hat sich unter dem Tisch zusammengerollt. »Einen Kirschgeist?«, fragt der Döring. Er hat aber gar nicht auf eine Antwort gewartet, sondern er hat ein Fensterbrett gewusst, das hast du anheben können. Darunter war ein Schlüsselbund und einer von den Schlüsseln hat einen Kasten aufgesperrt mit etlichen Flaschen drin. Der Döring hat ein paar herausnehmen müssen, bis es die richtige war.

»Dem Schwartelmeier seine Hausmarke«, sagt er. Der Preuße und ich müssen recht erstaunt geschaut haben. »Ich darf das«, hat er gesagt, »bei dem Kredit, den der Schwartelmeier noch bei mir offen hat.« Schnapsgläser waren im Büffet, hat er auch gewusst, und in Nullkommanichts haben wir alle ein Stamperl unten gehabt. Der Preuße hat husten müssen wie ein Reh mit Lungenwürmern. Und du kannst wetten, wenn uns zum Beispiel die Kathi oder der Schwartelmeier einen Schnaps angeboten hätten, der Preuße hätte abgelehnt von wegen im Dienst, aber gegen die

Liebenswürdigkeit von einem Döring kommst du als Bürokrat nicht an.

»Ich bin ein ehrlicher Mensch«, hat der Döring angefangen, »von daher, ich hätte den Bären schon verräumt, wenn er mir begegnet wäre.«

Der Preuße und ich haben uns angeschaut. Einerseits die Unverfrorenheit, andererseits, dass er unseren Job gekannt hat.

»Natürlich weiß ich, warum Sie hier sind«, grinst er. »In solchen Fällen ruft der [redacted]i bei mir an und sagt mir kurz Bescheid.« In Wirklichkeit hat er statt [redacted]i den Vornamen vom Minister gesagt, mit »i« hintendran, freundschaftliche Verkleinerungsform. Ich habe am Preußen seinem Gesicht gesehen, beeindruckt wie ein Stempelkissen. Kalkulation natürlich, wenn der Döring sich dem [redacted]i gegenüber entsprechend äußert, dann steht der Dienstwagen kurz vor der Materialisierung.

»Und wenn Sie mir anhängen wollen, was ich vorhin wegen des Bären gesagt habe«, siehst du, Grammatik so sauber wie bei der Kathi, »dann habe ich einfach nur angegeben. Aber unter uns, wenn ich ihn doch geschossen habe, so dumm bin ich nicht, dass jemand etwas findet.«

Der Döring hat sich noch einen Kirschgeist verordnet und uns auch, da hast du schon gemerkt, das Thema berührt ihn emotional. Es ist nämlich furchtbar blauäugig, hat er gesagt, wir haben eine dicht besiedelte Kulturlandschaft, auch im Gebirge, da soll man sich nichts vormachen. Und wo ist da noch Platz für einen Bären, sagt er. Was soll der anderes machen, als dass er sich Schafe und Ziegen holt und reihenweise Bienenstöcke umschmeißt, wo doch schon der Einstein gesagt hat, dass wir ohne die Bienen geliefert sind und so ein Bär ist da noch ganz anders abhängig.

Aber das ist eine alte Geschichte, sagt er, die, die so einen Bären toll finden, das sind genau die, die schon immer auf anderer Leute Kosten gut sein wollen. Und dass das Schalenwild verschwindet, da ist so ein Bär noch der letzte Sargnagel. Schuld sind genau die Olbers und ihresgleichen, hat er gesagt, die Profitgier in Person, wollen doch nur Holz machen, und die betreiben ihren Waldbau auf Kosten vom Schalenwild und wenn in zweihundert Jahren die Kinder ein Reh und einen Hirsch nur noch aus dem Bilderbuch kennen, dann gehört die Olbers ausgegraben und an einen Baum hingehängt, damit sie es sich anschauen muss. Aber in unserer Zeit ist es nur das Geld, sagt er, und wenn die Jagd nicht noch einen Rest Einfluss auf die Politik hätte, dann würde denen gar niemand mehr auf die Eisen steigen. Und was er für die Staatsjagd an Pacht bezahlen muss, wo eh kaum noch Wild da ist, Wucher hoch drei. Ich habe mir gedacht, eigenartig, dass ein Bankdirektor etwas dagegen hat, wenn jemandem das Geld wichtig ist, aber goldene Regel, niemals einen Informanten vergrätzen, weißt du ja schon.

An der Stelle, mich nerven ja immer die Hundebesitzer, wenn sie sagen, ja, ja, er versteht jedes Wort, gell Waldi. Der Waldi in Wirklichkeit hoffnungslos wie ein Lateinschüler, null Vokabular, geschweige denn Grammatik. Aber er kann die gleiche Kunst wie der Lateinschüler, nämlich Bildung vortäuschen, wenn es darauf ankommt. Für ein gedörrtes Schweinsohr bekommt der ein Gesicht hin, dass sein Frauchen meint, der Einstein ist als Hund wieder auf die Welt gekommen. Aber leider kein Zeichen von Intelligenz, sondern er hat nur gute Spiegelneuronen. Und Vorsicht, beim homo kommt das sapiens oft auch nur von den Spiegelneuronen und deswegen soll man nicht gleich über die dummen Hunde lachen, sondern sich lieber freuen, dass man selbst wenigstens gesunde Spiegelneuronen hat. Ich sage das, weil jetzt ist der Loisi aufgewacht und er hat sich den Preußen zum Anstupsen ausgesucht. »Braver L-o-i-s-i«, sagt der Preuße, weil er hat nicht normal »Loisi« sagen können, sondern das o und das i getrennt. Und er hat den Loisi auch noch gestreichelt, zwar nur so nebenher, aber irgendwie hat das beim Loisi seinen Spiegelneuronen eine emotionale Bindung verdrahtet, der hat den reinsten Narren am Preußen gefressen. Und der Preuße hat das gekonnt, während er mit dem Döring geredet hat, hat er aus irgendeinem Papier eine Knüllkugel gemacht und immer und immer wieder über den Boden rollen lassen und der Loisi hat sie ihm immer wieder gebracht und in die Hand gedrückt. Die

Kugel ist bald ein ziemlicher Schlaaz gewesen und hat nasse Streifen auf dem Boden gemacht, aber der Loisi war glücklich, und der Preuße hat es gar nicht gemerkt, glaube ich, weil das Hundeprogramm ist bei ihm im Unterbewusstsein gelaufen.

»Wenn jemand den Bären gewildert hat?«, fragt der Preuße und lässt die Kugel wieder über den Boden schmieren.

»Die haben alle einen Kredit bei mir, der eine für sein Haus, der andere weil er zu oft mit den großen Buben gespielt hat, im Casino, und der dritte, weil die Tochter studiert«, hat der Döring gesagt. »Die passen auf, dass bei mir keiner wildert. Und was die bei der Olbers machen, elftes Gebot, du sollst dich nicht erwischen lassen.« Und ruckzuck wieder eine Runde Kirschgeist. Der Preuße hat die nächste Schlaazkugel versehentlich an die Fensterscheibe geworfen, dass sie kleben geblieben ist. Aber der Loisi hat sie gleich wieder herunterbekommen.

Überhaupt, sagt der Döring, hätte die Olbers zwei erstklassige Motive. Erstens, sie mag das Ministerium nicht, zweitens, sie mag ihn, den Döring, nicht. Dazu kommt ihre Schießwut, sagt er, geradezu pathologisch, wer weiß, ob die überhaupt noch anders kann, wenn etwas auf vier Beinen daherkommt, ein Fall für den Psychiater. Und wenn die einen Bären nicht spurenfrei beseitigt bekommt, dann kann das überhaupt niemand.

»Der Professor vielleicht?«, fragt der Preuße, aber er hat ein bisschen undeutlich gesprochen.

»Der Professor ...«, sagt der Döring, und es hat ausgesehen, als ob er wirklich nachdenken muss. In der Denkpause haben wir noch einen Kirschgeist gepresst. Dann hat der Döring den Kopf geschüttelt.

»Der Professor interessiert sich nur für Botanik. Und gar nicht einmal uninteressant. Aber wenn der einen Bären schießen müsste ... möchten Sie ihn kennenlernen?«

Der Loisi ist wieder mit der Schlaazkugel für den Preußen dahergejapst, und ich habe dem Preußen einen Stoß geben müssen, damit er sie ihm nicht mit dem Mund abnimmt.

»Auf jeden Fall«, habe ich gesagt, stellvertretend für den Preußen.

»Bei mir ist morgen Abend nämlich eine kleine Feier mit Freunden, da kommt er auch«, sagt der Döring. »Ich lasse Ihnen noch Einladungen bringen, Sie wissen, die Sicherheitsleute.«

Dann hat er auf seine Uhr gesehen, »was, schon halb sechs«, ob er uns mit hinunternehmen soll, zum Abendessen. Der Preuße und ich haben uns angeschaut und wir haben gar nicht sagen müssen, dass wir in unserem Suff besser auf der Hütte bleiben. Dem Döring hast du gar nichts angemerkt. Er hat genickt.

»Wissen Sie was«, sagt er, »ich lasse Ihnen ein paar Leberkässemmeln da, damit Sie mir nicht verhungern.« Wir sind mit dem Döring zur Tür und er hat uns eine Plastiktüte mit fünf Leberkässemmeln aus seinem Auto geholt, seine normale Jagerbrotzeit, aber er isst jetzt beim Schwartelmeier ein Jägerschnitzel à la crème, hat er gesagt. Und, apropos Schwartelmeier, wenn wir den mittelgroßen Schlüssel am Schlüsselbund nehmen, dann kommen wir in die Vorratskammer, da muss auch etwas zum Trinken drin sein.

Er ist schon halb beim Auto gewesen, da hat er sich noch einmal umgedreht. »Ich glaube nicht, dass Sie etwas herausfinden werden. Aber sehen Sie das entspannt. Wenn ich dem [redacted]i sage, dass Sie alles Menschenmögliche versucht haben, dann ist es kein Problem. Jetzt geh schon her, Loisi.«

Der Loisi hat einen Freundschaftsbeller für den Preußen gemacht und dann ist er ins Auto gehüpft.

»Moment«, sagt der Preuße noch, »wenn Sie jetzt in eine Polizeikontrolle?«

Der Döring hat gelacht. »Die haben alle einen Kredit bei mir.«

»Oioioioi«, sagt der Preuße und, ehrlich, so in besoffenem Zustand habe ich ihn noch nicht gekannt. Wir haben dann wirklich den Schlüssel zur Vorratskammer gefunden und es war auch etwas zum Trinken drin, aber nur Bier. Was willst du machen, Respekt vor jedem, der auf eine Leberkässemmel nichts trinken muss. Ich bin immer schläfriger geworden, aber komisch, beim Preußen hat es andersherum gewirkt und er hat partout schauen wollen, wo wir mit dem Schlüsselbund sonst noch hineinkommen und ich muss unbedingt mit. Bei uns hat es einen gegeben, der hat gesagt, er weiß es von seinem Tschechischlehrer, die Tschechen haben sogar ein Wort dafür, dass man säuft und säuft und dann gibt es einen Punkt, wo man mit dem Weitersaufen wieder nüchterner wird. Vielleicht hat der Preuße tschechische Vorfahren gehabt, ich weiß es nicht, auf jeden Fall, ich wollte ihm sagen, dass ich den Teufel mitmuss. Aber dann habe ich mir gedacht, wenn er wo darüber fällt und bricht sich den Hals, und ich bin mit ihm hinaus. In der Hütte war so eine Gerätekammer, aber mit einem Eingang von außen. Das Vorhängeschloss haben wir aufsperren können, da war allerhand Werkzeug drin, Schaufeln, Äxte, verschnittene Spanplattenreste, Stücke von Leitungsrohren, was sich in so einer Hütte mit den Jahren ansammelt, niemand mag es wegschmeißen, aber gebraucht wird es auch nicht.

»Wasndas?«, hat der Preuße gesagt.

An der einen Wand, fast bis oben hin, waren große Marmeladeeimer gestapelt, kann sein, dass es drei Reihen hintereinander gewesen sind. Aber nicht dein klassischer bunter Marmeladeeimer mit Happy-Schrift, das Beste von der Frucht oder so etwas, sondern nur ein schmutziges Weiß und ganz wenig Text darauf und der noch klein geschrieben. Der Preuße hat seine Augen zusammengekniffen.

»Wegerein-S«, hat er gelesen. »Kennst du das, Klugi?«

Ich habe es auch nicht gewusst. Und für das Kleingedruckte hätten wir nüchtern sein müssen. Lesen wir morgen, haben wir ausgemacht.

Viel interessanter, wir haben auch die Treibhäuser aufbekommen. Das kannst du dir nicht vorstellen, stickig ohne Ende und der säuerliche Geruch am Sättigungspunkt. Wenn ich nicht so besoffen gewesen wäre, hätte ich vielleicht sogar hineinspeien müssen. Die Tische mit dem Grünzeug waren in Meterquadrate eingeteilt, jedes Quadrat ein großer Blumentopf, wenn du mir folgen kannst, sauber beschriftet, irgendwelche Buchstaben, über jedem Quadrat ein Luftabzug. Die Quadrate hast du sogar heben und senken können, automatische Bewässerung, alles. Aber insgesamt die grüne Hölle hoch drei, und wenn du da im Suff durchmarschierst, dann streifst du ständig die Botanik, ekelhaftes Gefühl, als ob dir die Blätter an die Wäsche wollen.

Der Preuße ein paar Meter vor mir, und auf einmal knicken ihm die Knie ein, ich nichts wie hin zu ihm. Meine halbe Leberkässemmel ist mir ausgekommen dabei und sie ist mitten zwischen die Pflanzen gefallen, was willst du machen. Der Suff und der Gestank, keine gute Mischung, mir selber ist auch schon ganz schummrig gewesen, aber, bewährter Rettungsgriff, ich habe den Preußen schon noch herausgebracht. An der frischen Luft ist er auch gleich wieder geworden, aber arg blass um die Nase. »Oioioioi«, hat er gesagt. Mehr darfst du da nicht erwarten.

-----------------------------------------------

Von: Frieder Wanzke wanfried@[redacted].de

An: [redacted]@[redacted].de

Datum: 7. 8. 2015 3:12

Betreff: Vortag

Herr Ministerialdirektor [redacted],

Recherche betr. Wissenschaftler aufschlussreich, Versuch Einflussnahme von Anonym, personeller Teilausfall bei befriedigender Moral, Inaugenscheinnahme erweiterter Verdächtigenkreis, nächtliche Ereignisse gravierend.

Mit freundlichem Gruß

i.A. Wanzke, Frieder, Regierungsrat

-----------------------------------------------

Bei uns hat es einen gegeben, der hat immer gesagt, ein Traum ist eine bizarre oder halluzinatorische mentale Aktivität, die während eines Kontinuums von Schlaf- und Wachstadien einsetzt. Ich kann dir sagen, wenn ich etwas getrunken habe und dann träume ich, dann ist bizarr gar kein Ausdruck. Das heißt, am Anfang ist der Traum schon in Ordnung gewesen, da will ich mich nicht beschweren. Stell dir vor, ich liege da in meinem bauerngemalten Bett und es klopft an die Tür, aber nicht wie zum Beispiel die Polizei klopft oder deine Schwiegermutter, sondern so ein ganz verhaltenes Klopfen. Ich mucksmäuschenstill, weil wahrscheinlichste Annahme, es ist der Preuße und er hat etwas Neues auf seiner Profi-Pinnwand gesehen und jetzt muss er es mir zeigen. Aber so kann man sich täuschen. Nämlich die Maxi ist hereingekommen. Auf Zehenspitzen. Mein Herz sofort auf die Überholspur, dass ich mir gedacht habe, jetzt merkt sie, dass ich nicht schlafe, weil es so wummert. Aber wenn sie es gehört hat, dann hat sie sich nichts anmerken lassen, sondern sie hat sich ganz ruhig ausgezogen, die Sachen schön ordentlich über den Stuhl, bis sie fast gar nichts mehr angehabt hat. Mir ist fast das Hirn geplatzt, wie ich das alles so sehe, immer die Augen halb geschlossen von wegen Scheinschlaf. Dann ist sie ganz leise zum Bett gegangen, schlüpft zu mir unter die Decke, drückt sich an mich, von hinten, und flüstert mir ins Ohr, ob ich sie vielleicht wärmen will. Mein lieber Mann. Ich habe mich zu ihr umgedreht, was meinst du, aber da habe ich schon gemerkt, dass sich an mir etwas verändert. Nicht was du jetzt denkst, sondern grundsätzlicher. Die Maxi hat riesengroße Augen bekommen und die Hände vor den Mund gepresst. Ich habe auf einmal einen schweren Pelz gehabt und alles hat anders ausgesehen, und ich wollte auf allen Vieren laufen. Ich meine, es kommt fast immer ungelegen, wenn du dich in einen Bären verwandelst, aber da hat es schon besonders schlecht gepasst. Die Maxi hat jetzt geschrien, dass es von Amts wegen die Fensterscheibe hätte zerreißen müssen, aber die Scheibe war nicht deswegen hin, sondern weil ich durch das Fenster hinaus und es war nur gekippt, nicht ganz offen. Als Bär macht dir ein Sprung aus dem zweiten Stock nichts aus und ich Vollgas den Hang hinauf, mitten in der Nacht, hätte nicht geglaubt, dass ein Bär so rennen kann, immer weiter und immer weiter, bis ich oben war bei der Felsnase. Dort habe ich verschnauft, weil ich eh nicht gewusst habe, wo ich jetzt hin soll. Auf einmal kracht es. Und noch einmal. Und schon wieder. Jetzt haben sie dich, habe ich mir gedacht, und ich habe gehofft, dass es schnell geht.

Aber da war ich wieder in meinem Bett, der ganz normale Klugi. Maxi, sage ich, entschuldige bitte, aber keine Maxi. Dafür hat es wieder gekracht und es war schon ganz hell im Zimmer. Und das Krachen war draußen.

Ich weiß ja nicht, ob du in der Schule auch Chemie gehabt hast, aber mich hat es nicht interessiert, weil null Praxis. Ich meine, das Periodensystem geht ja noch, ganz in Ordnung, aber dann die Redoxreaktionen, die musst du alle auswendig lernen, aber einmal eine einzige anschauen dürfen, Fehlanzeige. Und bei uns hat es einmal einen gegeben, der war sogar Religionslehrer, der hat uns erzählt, sie haben als Kinder immer großartige Raketen gebaut mit Unkraut-Ex, weil Natriumchlorat ein starkes Oxidans und das braucht man für einen guten Sprengstoff. Jetzt sind zwei von uns in die Apotheke und haben gesagt, sie möchten gerne Unkraut-Ex. Und wie die Apothekerin fragt, wer um Himmels Willen zwei Kinder um Unkraut-Ex schickt, haben sie gesagt, sie möchten großartige Raketen damit bauen, weil das hat der Herr Sowieso in der Schule empfohlen. Kannst du dir denken, der Reli-Lehrer hat dem Teufel seinen Ärger bekommen, aber wenn es nach mir gegangen wäre, einen Orden für den Lehrer, weil wenn es nie kracht, nicht raucht und nicht einmal stinkt, dann bekommst du im Leben keine Vorstellung von der Chemie, meine Meinung.

Gut, du siehst es dann wieder differenzierter, wenn die Raketen an deinem Fenster vorbei pfeifen und unten auf dem Hof eine Bombe nach der anderen platzt. Nur dass es keine Schulkinder waren, sondern der Grunzer und der Grinser in heller Begeisterung. Die waren unten und haben leere Farbtöpfe gehabt. Dort haben sie ein weißes Pulver hineingetan, dazu ein Stück Zündschnur, keine Ahnung woher, den Deckel zugepresst, angezündet und schnell weg. Du darfst davon ausgehen, dass dem Döring seine Doppelbüchse auch nicht lauter gekracht hat, von daher unschlagbares Preis-Leistungs-Verhältnis. Und wenn sie so einen Farbtopf an eine Holzstange montiert haben, System Silvesterrakete, unten ein Loch und Zündschnur hinein, das ist nach oben gegangen, da hast du nur noch einen winzigen Punkt gesehen. Mir ist aber dann ganz anders geworden, weil sie haben das weiße Pulver aus einem von diesen Marmeladeeimern genommen. Wir haben nämlich am Abend nicht mehr daran gedacht, dass wir die Gerätekammer wieder zusperren.

Ich natürlich ins Gewand, so schnell es gegangen ist, und hinunter. Aber der Preuße war schon da. Und er hat die zwei dermaßen gestaucht, dass es mindestens so geraucht hat wie von ihren Raketen und Knallbomben. Du weißt ja schon, der Preuße nicht wirklich eine überzeugende Statur, aber wenn die Wut so richtig aus dem Inneren kommt, dann glaubst du auch einem Liliputaner, dass er dir gleich eigenhändig den Hals umdreht und wenn du zwei Meter groß bist.

Und der Grinser und der Grunzer haben den Preußen vorher nur als ein Weichei gekannt, dem du problemlos einen Zwanziger aus der Nase ziehst, darum umso überraschter, dass ausgerechnet der sie zusammenscheißt wie der höchste Oberfeldwebel. Der Grunzer hat ihm noch schnell einen Umschlag in die Hand gedrückt und dann alle zwei auf den John Deere und ab mit Umdrehungen.

»Was zuviel ist, ist zuviel«, hat der Preuße gesagt.

Das ist mir schon immer wieder aufgefallen, in der DDR haben sie ja oft nicht einmal ein schlechtes Zeug gehabt, aber die Namen, da merkst du sofort, Marktwirtschaft nicht das Konzept. Ich meine, wenn du etwas verkaufen willst und dann nennst du es »Bombastus Mundwasser«, »Nudossi«, »Rotplombe« oder »Kumpeltod«, da ziehen die besten Werbetexter den Hut, weil du so einen Mut hast. Und schau einmal, Natriumchlorat. Das ist ein giftiges Zeug und wenn bei dir daheim der Löwenzahn die Terassenplatten auseinanderschiebt, dann streust du ein, zwei Teelöffel hin und so schnell kannst du gar nicht schauen, wie der Löwenzahn und alles andere Grünzeug die Federn spreizt. Das haben sie im Osten genauso gewusst wie im Westen. Im Westen natürlich »Unkraut-Ex«, erstklassiger Produktname, da merkst du schon am Namen, kurzer Prozess. Aber im Osten, da haben sie es »Wegerein« genannt. Das gleiche Pulver, gleich giftig und alles, aber ein Wegerein kaufst du nur aus Mitleid mit der armen Sau, die sich den Namen ausgedacht hat, wenn du im gleichen Regal auch Unkraut-Ex haben kannst.

Ich habe mir den Blecheimer genauer angeschaut, wirklich, das Zeug war noch aus der alten DDR, hergestellt von irgendeinem VEB Ernst Thälmann, reines Natriumchlorat und gedacht zur Unkrautvernichtung. Was mich aber gewundert hat, aus eigener Erfahrung, wir haben damals zum Unkraut-Ex noch Zucker dazugetan, sonst hätte es längst nicht so gescheppert. Weil vom Natriumchlorat kommt der Sauerstoff für die Verbrennung, aber du brauchst dann immer noch etwas, was verbrennt. Ich habe aber nicht gesehen, dass die zwei Gelegenheitspyromanen etwas hineingepanscht hätten. Einfacher Versuch, reine

Neugier, ein kleines Häufchen von dem Zeug auf den Boden und dann habe ich ein Streichholz hineingeworfen. Mein lieber Herr Gesangsverein. Scheinbar haben sie in der DDR ein besseres Natriumchlorat gehabt als wir im Westen damals.

Heute darfst du ja kein Unkrautmittel mit Natriumchlorat mehr herstellen, darum hilft das neumoderne Zeug auch nichts, aber wenn du noch eines hast, warum sollst du es dann nicht aufbrauchen. Nur, es hat mich gewundert, dass der Schwartelmeier gleich so viel davon bunkert. Der Preuße hat gemeint, dass es gar nicht der Schwartelmeier sein muss, wo doch der Professor viel mehr mit Botanik zu tun hat.

Stichwort Professor, da ist mir eingefallen, dass ich noch die halbe Leberkässemmel aus dem Treibhaus holen muss, nicht dass der Professor auf Treibhauskontrolle kommt und dann hat er gleich einen Anfall. Ich habe das Treibhaus aufgesperrt, vorne und hinten aufgemacht und eine Zeit lang gewartet, dass es durchlüftet, wegen dem Gestank, dann bin ich hinein. Du denkst, kein Problem, hinein ins Treibhaus, Semmel aufklauben und wieder hinaus, aber da muss ich dich enttäuschen. Keine Semmel weit und breit. Was man sich im Suff alles merkt, ich habe genau gewusst, wo sie mir hineingefallen ist, Quadrat B21, aber da waren nur die Pflanzen und zwischen den Stängeln nur die Blumenerde, sonst nichts. Ich habe fünfmal geschaut, nicht ein einziger Brösel. Auch nichts in den Quadraten daneben, Fehlanzeige im ganzen Treibhaus. Einzige Erklärung, der Professor muss da gewesen sein, während wir geschlafen haben.

»Fragen wir ihn heute Abend«, hat der Preuße gesagt.

In dem Umschlag waren zwei Einladungskarten auf unsere Namen, Goldrand und alles, auch nicht ohne. Kleiderordnung dunkler Anzug, Abendkleid oder Tracht. Ich persönlich habe ja noch nie einen dunklen Anzug gehabt, aber eine Tracht habe ich schon, keine von einem bestimmten Ort, aber so allgemein bairisch, kannst du überall anziehen. Einziger Haken, die Tracht war in meiner Wohnung in München.

Der Preuße hat gesagt, es ist dumm, er hat seinen dunklen Anzug nicht dabei.

»Die Zeit hätten wir«, habe ich gesagt. Der Preuße hat seine Unterlippe geknetet von wegen Effizienzüberlegung. Dann hat er gefragt, ob ich in München jemanden kenne, der vielleicht etwas über den Professor weiß.

Ich habe den Bubu angerufen und der hat gesagt, er kann es sich am Nachmittag einrichten.

Die Fahrt nach München und zurück schenke ich dir. Ein gelber Japaner bleibt ein gelber Japaner, auch mit reparierter Kühlwasserpumpe. Und dass wir die Klamotten aus dem Kleiderschrank ins Auto bekommen haben, glaubst du mir auch. Aber der Bubu, eine Seele von einem Menschen, der war schon immer so, dem sein Institut ist ja außerhalb von München, der ist extra wegen uns in die Stadt gefahren. Der Bubu hat ein paar Jahre mehr auf seinem Buckel als ich, hat uns damals als Studenten betreut, in den Praktika, und jetzt kurz vor dem Botanikprofessor. In Wirklichkeit auch nicht Bubu sondern Benedikt Bunkert, aber trotzdem nicht Bebu, weil er war riesengroß und hat eine schlechte Haltung gehabt. Deshalb Bubu, buckliger Bunkert, Studentengrausamkeit, aber ich glaube nicht, dass er gewusst hat, warum er der Bubu ist. Zum Glück hat er so ein Babygesicht gehabt mit dicken Backen und allem, der reinste Pfirsich, da kann man immer sagen, Bubu ist halt so ein Riesenbabyname und im Grunde nett gemeint.

Allerdings, dass der einen Café au Lait nach dem anderen inhaliert, da hätte es einem normalen Baby spätestens beim dritten die Pumpe zerrissen. Die Kellnerin ist kaum nachgekommen mit dem Suchtel.

»Was kann ich für Euch tun?«, sagt der Bubu.

Der Preuße hat gefragt, ob er den Erich-Walter Augenkneist kennt. So hat nämlich der Professor geheißen. Du hast sofort gemerkt, dass der Bubu etwas weiß, aber er hat so getan, als ob er überlegen muss, weil er hat vielleicht schon die professorale Gravität üben wollen.

Der Preuße hat in der Übepause die Legende ausgepackt, der Professor interessiert uns als Ministerium, weil er sich mit dem Indischen Springkraut befasst, aber wir wissen nicht, was wir von ihm halten sollen.

Der Bubu hat noch ein wenig überlegt und da habe ich schon an seinem Gesicht gesehen, dass ihm gleich die Gravität baden geht. Dann hat er gesagt, der Augenkneist ist so eine Stasi-Drecksau gewesen. Wissenschaftlich unteres Mittelmaß, aber in der DDR hat sein Institut immer Geld gehabt, weil er hat seine Leute und Kollegen gemeldet, wenn die etwas Falsches gesagt haben. Aber er kann sich nicht vorstellen, dass die Deutsche Forschungsgemeinschaft dem noch Geld gibt, weil nach der Wende hat er zum ersten Mal in seinem Leben ehrlich konkurrieren müssen, da bleibt von so einem nichts übrig.

Ich habe mir gedacht, die Treibhäuser bei der Hütte, tipptopp Technik, die bauen sich nicht von selbst hin, und ich habe gefragt, ob man vielleicht mit DDR-Unkrautmittel Geld machen kann. Der Bubu hat groß geschaut und gesagt, er glaubt nicht.

Der Bubu hat noch mehr über den Professor erzählt, Thema mit Variationen, aber inhaltlich nur, was du eh schon weißt. Und der Preuße hat dann ziemlich gedrängelt, wegen dem Abendtermin, hat er gesagt, aber in Wirklichkeit wegen der Kasse. Er hat sich nämlich verpflichtet gefühlt, dass er auf Staatskosten dem Bubu seine Zeche übernimmt, wenn er schon extra herkommt, aber wenn du weißt, was heute ein Café au Lait in München kostet und der Bubu die reinste Versitzgrube, dann kommst du auch ins Nachdenken.

Ich weiß ja nicht, ob dir die alten Plakate gefallen, wo es um die Unfallverhütung geht. Heute sind die ganz einfach, kein Text, nur ein paar Striche und die ergeben einen Arbeiter, der dich anschreit, du sollst da nicht hineingehen, sonst hast du deine persönliche Katastrophe. Das ist natürlich schon eine Kunst, da musst du ein paar Semester studiert haben, dass du so etwas hinbekommst. Daneben machen sich die von früher wie eine Seite im Poesiealbum. Die haben sich noch gereimt, zum Beispiel »Unfallsicherheit erstreben, Weihnachten gesund erleben«, und die Bilder dazu großes Kino, wo vielleicht ein Gleisarbeiter seine Pausenzigarette raucht und von hinten fährt ihm gleich der Schnellzug ins Kreuz, so richtig realistisch, und trotzdem irgendwie ein liebevoller Umgang mit dem Tod. Wenn du dir eine Musik dazu vorstellen willst, dann brauchst du ein Wienerlied. Und wenn du jetzt sagst, ja, bei der Bahn ist es gefährlich, dann sage ich, der reinste Pipifax im Vergleich zur Holzarbeit. Da denkst du dir in der Früh noch, was für ein schöner Tag und um zehn schaut nicht mehr viel von dir unter einem Baumstamm heraus, nur weil du ungeschickt ausgerutscht bist und der Baum schon im Fallen.

Das habe ich dir noch gar nicht erzählt, der Schwartelmeier hat solche Plakate scheinbar auch gemocht, weil in der Hütte, in dem Gang, wo du von der Vordertür zur Stube kommst, da waren etliche aufgehängt. Keine Originale, wo denkst du hin, aber gute

Nachdrucke von so einem Nostalgieverlag und natürlich nichts von der Bahn, sondern alles von der Holzhauerei, was willst du mit der Bahn auf einer Berghütte. Eines hat mir besonders gefallen, das muss aus den Sechzigern gewesen sein, wie die Motorsägen aufgekommen sind. Da siehst du einen Holzhauer in einem steilen Hang, dem ist beim Wenden gerade ein Bloch[xiii] ausgekommen und das rumpelt hinunter und er fuchtelt und schreit, weil das Bloch wird gleich den Kollegen erschlagen, der genau in der Falllinie arbeitet und der hört nichts, weil er gerade Vollgas auf der Motorsäge fährt. Und ein schöner Text:

Am Hang die Arbeit stets versetzt,
sonst Tod am Baum die Sense wetzt.

Das habe ich dir noch gar nicht gesagt, auf dem Plakat war auch noch der Tod, gemütlich an einen Baum gelehnt und er grinst natürlich immer, aber da hat er ganz besonders gegrinst, wenn er auch einmal eine Arbeit abgenommen bekommt.

Wie der Preuße und ich wieder in die Hütte gekommen sind, haben wir gleich gesehen, dass genau das Plakat mit dem gemütlichen Tod gefehlt hat, weil es war noch nicht so spät und die Sonne hat schön hereingeleuchtet, da fällt dir ein großes Rechteck auf, wo die Wand ein bisschen weißer ist. Wir hätten uns nur nicht gedacht, dass wir es so schnell wiederfinden.

Wenn ich jetzt so anfange, meinst du, dass ich das Plakat auf dem Abort gefunden habe, aber du wirst dann schon sehen. Ich habe nach der Fahrt nämlich dringend hingemusst und meine Meinung zu so einem Hüttenabort kennst du ja schon. Nichts gegen ein paar Keime, aber ich mag gar nicht daran denken, was für eine Menagerie sich auf deinen Arschbacken ausbreitet, wenn du dich auf das Brett setzt. Und das ganze Zeug sucht natürlich einen Punkt, wo das Immunsystem gerade nicht aufpasst, und wenn, dann nichts wie hinein. Aber was willst du machen, du hoffst halt auf dein Immunsystem.

Wie ich wieder in die Hütte hinüber bin, ist mir aufgefallen, dass es so still gewesen ist. Weil der Preuße, der hat sich ja nie ruhig halten können, den hast du normal von weitem gehört.

Ich hinauf in den Besprechungsraum und da steht der Preuße vor seiner Profi-Pinnwand. Wie angewachsen. Ich bin herumgegangen und da habe ich das Plakat auch gesehen. Das war nämlich an die Profi-Pinnwand geheftet und die ganzen Karten außen herum. Und wenn du hin und wieder über den Spruch nachgedacht hast, dass der Teufel im Detail steckt, dann hast du jetzt eine neue Variante. Weil Detail, auf dem Plakat war ja der Tod, wie er lustig an einem Baum lehnt und er hat die linke Hand hinunterhängen lassen. Und da hat jemand mit einem schwarzen Filzer so herumgemalt, als ob er in der Hand ein Blatt Papier hat. Vom Zeichnerischen her nichts Besonderes, eher im Gegenteil, aber du glaubst mir, Kunstkritik ist in dem Moment nicht mein Thema gewesen, weil auf dem Papier sind die Namen vom Preußen und mir gestanden. Extra mit einem dünneren Filzer, damit wir es gut lesen können. Ich habe mich hinsetzen müssen.

Der Preuße hat gesagt, es ist eine Sauerei.

Ich habe gesagt, es ist eine Morddrohung und ob er schon einmal an die Polizei gedacht hat. Unsinn, sagt der Preuße, er hat mir doch erzählt, er hat Drohungen bekommen am laufenden Band, wie er hinter dem Steuerhinterzieher her gewesen ist und passiert ist gar nichts, außer dass sie den am Ende eingesperrt haben. Und jetzt wird es interessant, weil es ist jemand nervös geworden. Mit der Sauerei hat er gemeint, dass sie ihm seine Karten durcheinandergebracht haben und jetzt muss er sich alles neu überlegen. Dann ist ihm noch etwas Staatstragendes eingefallen. Überhaupt, sagt er, muss man jede Drohung, die man im Dienst bekommt, als eine Bestätigung sehen, dass man es richtig macht. Und wenn er jetzt die Polizei einschaltet, dann wird es wieder keine Komplettlösung, ich soll mich nicht so anstellen.

Ich habe mich über mich selbst geärgert, dass ich es den Preußen habe merken lassen, wie feige ich bin, und ihm macht es gar nichts aus. Aber immerhin, es ist meine erste Morddrohung gewesen und da darf man schon erschrocken sein, meine Meinung. Im Kopf habe ich mich auch gleich wieder im Griff gehabt, einigermaßen, aber hinten, du weißt schon, hat der Schreck mein Immunsystem abgelenkt. Und ich habe richtig gespürt, wie sich auf einmal die ganze Abortmenagerie über mich hermacht. Das kennst du vielleicht, es läuft dir über die ganze Haut und gleichzeitig wird dir so schlecht, dass du weißt, du kannst die Einladung beim Bankdirektor absagen und am nächsten Tag erst einmal auch keine Termine.

Beim Preußen helle Begeisterung, dass er allein hingehen muss und Statement, dass er meine Nullkarriere schon versteht, wenn ich so schnell krank bin. Aber wie ich zum zweiten Mal auf den Boden gekotzt habe und er hat aufwischen müssen, weil ich zu fertig, hat er es verstanden. Er hat sogar in den Schwartelmeier-Vorräten einen fossilen Zwieback gefunden und einen Tee, der war noch älter. Damit hat er mich ins Bett gelegt und ich soll viel trinken und nur Zwieback essen. Ich habe gesagt, wenn er mich in Frieden sterben lässt, dann tue ich alles, was er will.

Später war noch ein Pinguin da und hat gesagt, er geht jetzt und ich soll daran denken, viel Tee trinken und schlafen und er stellt mir noch einen Eimer hin. Dann habe ich gehört, wie unten der gelbe Japaner weggefahren ist.

Bei uns hat es einmal einen gegeben, der war ein Informatiker. Hochprofessionell. Der hätte im Wirtshaus gern mitreden wollen, aber er hat sich nur mit seinem Zeug ausgekannt und auskennen ist eh schon schlecht, wenn du da mitreden willst. Da denkst du einfach zu viel nach, bevor du etwas sagst, ob es auch wirklich richtig ist, und schon wieder ein Tor für die Eh-ganz-klar-Mannschaft. Die Stammtischbrüder hätten schon etwas von ihm wissen wollen, hat ja heute jeder einen Computer, zum Beispiel so praktische Sachen, wie man einen USB-Stick hineinschiebt, ohne dass es kracht, aber er hat immer alles vom Binärsystem her aufziehen wollen. Das bringst du nicht leicht auf Wirtshausniveau hinunter, höchstens vielleicht die Nullen. Ich habe ihm hin und wieder zugehört, aus Mitleid, da ist er einmal mit Multithreading dahergekommen und ich hätte mir nicht gedacht, dass ich das noch einmal brauchen werde, wenn ich dir jetzt erkläre, was gleich kommt. Multithreading, hat er gesagt, das ist, wenn ein Computer parallel an mehreren Sachen gleichzeitig arbeiten kann. Und das Besondere, diese gleichzeitigen Sachen, die haben miteinander zu tun, weil wenn nicht, dann wäre es ein Multitasking, das braucht man für etwas anderes.

Und jetzt ist es so, dass ich dir erzählen muss, was bei mir passiert ist und gleichzeitig beim Preußen und das hat beides miteinander zu tun gehabt. Was der Preuße erlebt hat, ich bin ja nicht dabei gewesen, da müssen wir uns auf sein Wort verlassen. Also ich Thread Nummer eins und der Preuße Nummer zwei.

Auf Thread Nummer eins ist erst einmal wenig los gewesen, rein äußerlich. Aber innerlich Aufruhr hoch drei. Ich weiß ja nicht, ob du schon einmal eine Morddrohung bekommen hast und dann krank im Bett allein auf einer Hütte, wo du nicht weißt, wer alles den Schlüssel hat. Das wünschst du deinem Erzfeind nicht. Aber bevor ich den Preußen gebeten hätte, dass er dableibt, da hätte es schon noch mehr gebraucht. Garantiert, der hätte bloß gesagt, du hast doch ein Smartphone mit WLAN. Dann war es mir wieder egal, weil mir ist so schlecht gewesen, dass ich mir gedacht habe, ich muss eh sterben, und in so einem Fall freust du dich auch über einen Mörder, wenn er nur sein Handwerk beherrscht. Meistens bin ich auf der Gedankenlinie zum Kotzen gekommen, dann war es wieder besser und ich habe mich wieder fürchten können, bis mir zum nächsten Mal schlecht geworden ist. Zwischendrin habe ich an die Maxi gedacht und mir vorgestellt, dass ich ihr leid tue. Das hat geholfen.

Und Thread Nummer zwei, ich hoffe, dass der Preuße das nicht frei erfunden hat, wie er am Parkplatz aussteigt, hat er als Erstes gleich die Maxi gesehen, die ist nämlich auch gerade ausgestiegen, zusammen mit der Leni, dem Filmproduzenten und zwei maulfaulen Typen, scheinbar die Ehrengarde. Auf jeden Fall, die Maxi fragt ihn gleich, wo ich denn bin. Und wie es ihr der Preuße gesagt hat, hat sie gesagt, er soll mir liebe Grüße ausrichten und dass ich ihr leid tue. Der Preuße hat mir erzählt, sie war im kleinen Schwarzen, aber ich glaube nicht, dass er es zu schätzen gewusst hat.

Das Bankhaus vom Döring war mitten im Ort und dort der Empfang auf den zwei Stockwerken über der Bank. Im ersten Stock eine Bühne, da hat eine Musik gespielt, aber nicht dass ich glaube, so eine Rums-Bums-Blaskapelle, hat der Preuße gesagt, sondern ein Damenstreichorchester für gehobene Ansprüche mit alten Swingnummern und so. Und alles voller Leute. Der Döring ist gleich auf den Preußen zu, er freut sich, dass er gekommen ist und wo ich denn bin. Der Preuße hat ihm gesagt, dass ich krank bin und schlafe wie ein Stein …

… und um die Zeit hat das auch gestimmt. Irgendwann war ich nämlich leergekotzt, da kommt dann nur noch grünliches Zeug, obwohl es dich würgt wie Schwein Harry. Und wenn dann dein Körper endlich keine Beschäftigung mehr für dich hat, dann lässt er dich schlafen. Da bleibst du vielleicht am besten noch einmal bei Thread Nummer zwei …

… dort hat nämlich gerade der Döring den Vampir aus dem Gewühl gezogen und er hat gesagt, dass er dem Preußen gerne seinen Sohn Hubertus vorstellen möchte. Hubertus, da kannst du sehen. Wenn du als der Sohn von so einem Oberjäger geboren wirst, dann freundest du dich am besten gleich mit dem Namen an, damit es später keine Tränen gibt. Und natürlich Diana, wenn du die Tochter bist, aber so eine hat der Döring nicht gehabt. Der Hubertus wird so um die

Anfang dreißig gewesen sein und auch aus der Nähe äußerlich ganz der dumme Juniorvampir, blass, lang und dürr. Natürlich meine Interpretation, weil der Preuße hat ihn höflicher beschrieben, Weichspüler hoch drei. Der Döring hat gesagt, er freut sich, dass sein Sohn, frisch gebackener Betriebswirt, seit Kurzem die Auslandsgeschäfte der Bank übernommen hat.

Du kennst das auch, wenn dein Vater mit dir angibt, Gipfel der Peinlichkeit, und der Hubertus ist rot geworden und hat in den Boden geschaut. Bei so wenig souverän denkst du dir, da kann man für das Auslandsgeschäft nur noch beten, aber wenn du ein wenig nachdenkst, merkst du sofort, der Döring in puncto Strategie gleichauf mit dem Ministerialdirektor. Weil im Auslandsgeschäft, da läuft heute ja alles mit E-Mail, und wenn einer halbwegs einen geraden Satz auf Englisch schreiben kann, dann hat er im Nu die besten Kontakte. Da kannst du getrost deinen studierten Sohn auf das Auslandsgeschäft setzen, egal was er im Zwischenmenschlichen für einen Haschmich hat. Katastrophe natürlich im Inlandsgeschäft, wo man viel telefonieren muss, oder noch schlimmer, jeden Tag fünf Meetings mit echten Leuten, Griff in den braunen Eimer, aber das hat der Döring natürlich gewusst und er hat das Inlandsgeschäft selbst gemacht. Aber dummer Vampir hin oder her, der Hubertus ist dem Preußen dann noch richtig sympathisch geworden, das erzähle ich dir später.

Aber erst einmal hat er sich in den Boden hinein entschuldigt und war weg und der Döring hat zum Preußen gesagt, er soll sich gut amüsieren, er muss noch die Runde machen. Der Preuße hat mir erzählt, dass ihm das ganz recht gewesen ist, wie er sich alleine hat umschauen können …

… und komm mir jetzt bloß nicht damit, dass ich dir auf Thread Nummer eins ein Klischee vormache, von wegen alleine auf der Hütte, ich weiß gar nicht, ob du da überhaupt mitreden kannst. Ich meine, die Leute früher, die waren viel öfter allein als wir heute und ganz besonders auf abgelegenen Hütten. Und wenn es ihnen nicht gut gegangen ist, dann haben sie in der Nacht die Totenuhr gehört. Und wenn es ihnen gut gegangen ist und sie haben trotzdem die Totenuhr gehört, dann war es auch gleich nichts mehr mit gut gehen. Weil wenn du die Totenuhr ticken hörst, dann sind das die Sekunden von deinem Leben, die kannst du nicht festhalten, genau wie die Sandkörner im Stundenglas, und du weißt nicht, ob es noch zig Millionen sind oder nur noch ein paar hundert. Und der alte Aberglaube, die Totenuhr macht sich nicht die Arbeit mit Leuten, die noch zig Millionen haben, sondern du hörst sie dann, wenn es um deine letzten paar hundert geht. Da bläst dir auf einmal das Blockuniversum ins Schneckenhaus, mit seiner ganzen Unausweichlichkeit, auch wenn du sonst nicht daran glaubst.

Wenn du dir vorstellen kannst, wie es ist, du bist allein auf einer Hütte, es ist Nacht, für das Licht hast du nur eine Funzel, dir ist so schlecht, dass du kaum aufstehen kannst, du hast eine Morddrohung bekommen und dann hörst du die Totenuhr, dann kennst du dich aus, was meinen seelischen Zustand betrifft. Da kannst du tausendmal ein aufgeklärter Mensch sein und natürlich weißt du, dass die Totenuhr ein kleiner Holzwurm ist, der will auch nur leben. Und wenn er in den Hüttenbrettern herumbohrt, was soll er denn sonst machen, dann hörst du es ticken, jedes Mal wenn er abbeißt. Das erklärt dir dein Großhirn und sagt alles im Griff, aber wenn du Angst hast und du fühlst dich sterbenskrank, dann drängt sich dein Kleinhirn gern einmal vor und es zieht eine Horrorshow ab in Sachen Omen, dass es dir die Zehennägel aufstellt. Und da kann man über das Kleinhirn sagen, was man will, du wirst noch sehen, meines hat recht gehabt. Nur dass es nicht meine eigene Totenuhr gewesen ist.

Und obwohl ich schon leer war, hat es mich noch einmal gewürgt, weil mein Kleinhirn und mein Großhirn, die haben sich zusammengetan, dass sie mir Programm bieten können, nämlich die Vorstellung, dass alle Hüttenbretter und Balken und das Brennholz nur mehr an der Oberfläche wie Holz ausschauen, aber dass es innen vor lauter Würmern und Käfern nur so wimmelt, nur noch ekelhaft, schauen wir lieber beim Preußen vorbei …

... du warst bestimmt auch einmal ein Kind und jede Wette, du hast so ein Wimmelbuch gehabt mit lauter Bildern, wo tausend Leute darauf sind, die machen alles Mögliche und du sollst den Banditen suchen, der Nachbars Lumpi an den Metzger verkaufen will. Erst verschwimmt dir alles vor den Augen, aber es dauert nicht lang, bringst du eine Struktur hinein, du erkennst Leute, die zusammengehören, die Leni, die Maxi, den rotgesichtigen Produzenten, der es am liebsten mit der Leni und der Maxi gleichzeitig treiben möchte, seine maulfaule Ehrengarde, echte Weltmeister im beiläufigen Leute-die-dem-Produzenten-wie-Rivalen-vorkommen-Wegdrängen, und dann kannst du noch ungefähr zehn Leute dazutun, so die Führungsschicht vom Filmteam. Damit ist schon ein ganzer Schwung abgehakt. Und wenn du auf dem Land Bescheid weißt, Bürgermeister, Pfarrer und Forstmeister bekommst du immer im Dreierpack. Beim Döring natürlich die Ausnahme, dass er die Olbers Kathi nicht eingeladen hat. Ich glaube, ich habe noch nicht erzählt, dass der Schwartelmeier im Nebenberuf der Bürgermeister war, das geht in so einem kleinen Ort. Und der Pfarrer, der hat im Nachbarort residiert und war von dort aus für drei, vier Gemeinden zuständig von wegen auch auf dem Land keine Begeisterung mehr bei der Jugend in Sachen Priesternachwuchs. Auf jeden Fall, du kannst auf das Gefolge vom Schwartelmeier fast den ganzen Gemeinderat buchen, weil wenn es umsonst ein Büffet gibt, wo jede

Salzstange eine Einzelanfertigung ist, da gehst du schon lieber hin wie auf die Hauptversammlung vom Stallhasenverein. Beim Pfarrer veranschlagst du acht auf den Pfarrgemeinderat und noch drei, vier auf den rhythmischen Gebetskreis, und gleich hast du geistig wieder zwanzig, fünfundzwanzig Leute verräumt, jetzt wird es langsam übersichtlicher. Dann noch Kulturverein, Motorsportclub, Bergwacht und Gospelchor, da darfst Du fast dreißig rechnen. Nicht zu vergessen die, die irgendwie hineingekommen sind, mehr aus Zufall, so wie der Preuße und fast ich, die erkennst du daran, dass sich alle ein bisschen wegdrehen, wenn so einer näherkommt. Da bist du mit zehn, fünfzehn dabei.

Aber ein Karrierepreuße weiß genau, dass die alle uninteressant sind. Merke dir, wenn du etwas werden willst, dann musst du die suchen, die unauffällig im Mittelpunkt stehen. Ich meine nicht den Döring, der war auffällig im Mittelpunkt weil Gastgeber.

Aber bei uns hat es einmal einen gegeben, den haben sie den Erdäpfel genannt, mordsgrobe Poren im Gesicht und der ganze Kopf das reinste Knollengebilde, und er hat immer gesagt, das kommt nicht vom Saufen, aber keiner hat es geglaubt. Und so musst du dir den vorstellen, der unauffällig im Mittelpunkt gewesen ist. Vielleicht hat der sich auch seine Augen kaputtgesoffen, das geht schnell, wenn du schwarz brennst und das Thermometer taugt nichts. Jedenfalls, er hat so eine medizinische Brille aufgehabt, ganz dunkle Tönung, dass du die Augen praktisch nicht gesehen hast. Er hat größer gewirkt, als er wirklich war und trotzdem die Haltung noch schlechter wie beim Bubu, aber nur deswegen, weil er sich in der Gesellschaft nicht wohl gefühlt hat. Der Preuße hat mir erzählt, er hat ihm fast leidgetan, so ein menschenscheuer Typ, der sich ansaufen muss, damit er die ganzen Empfänge aushält, wo jeder ihn unauffällig anschauen will. Dann war da noch so ein Großer sehr Schlanker, vom Typ her abgekühlter Spanier oder melancholischer Portugiese, und wenn du dir vorstellst, dass alle gut angezogen waren, dann ist der noch eine Nummer darüber gewesen. Überhaupt Körperpflege perfekt bis zur Nagelhaut, teurer Haarschnitt, trotzdem noch Understatement hoch drei. Den melancholischen Blick, dass ihm das alles egal ist, wer weiß wie lange er den geübt hat, weil das wird dir auf Anhieb nicht so.

Und da war noch einer, den du nicht kennst, einen Kopf kleiner wie der Erdäpfel, graue Haare, grauer Bart mit schwarzen Strähnen und fast so gepflegt wie der kühle Spanier. Nur, das ist dem Preußen sofort aufgefallen, die Ärmelknöpfe bloß aufgenäht, Anzug von der Stange. Und wenn so einer keine Krawatte um hat, klarer Fall, Wissenschaftler. Der Hubertus ist auch dabeigestanden und der Döring senior in einer Tour mit neuen Leuten angedampft, die waren eine Zeit lang bei der Runde dabei, aber geblieben ist immer nur der harte Kern.

Natürlich keine Frage für den Preußen, dass er dort hin muss, aber ein guter Karrierist hat die richtige Zeit im Urin und er nutzt lieber die Gelegenheit, wenn er sich vorher noch anderweitig informieren kann. Oben war die Bar, und das weißt du auch, dass die Bar erst später am Abend interessant wird, von daher der Preuße natürlich nach unten. Die Bankräume alle abgesperrt, was meinst du, alles mit dickem Glas, nur zur Eingangstür bist du trotzdem gekommen, wäre ja Freiheitsberaubung. Aber da war auch eine Tür auf der anderen Seite, die ist nicht abgesperrt gewesen, und der Preuße einfach hinein. Der Gang dahinter uninteressant hoch drei, aber, das verstehst du jetzt nicht gleich, interessant war etwas anderes. Auf der einen Seite war lauter ausrangiertes Bürozeug aufgestellt, Computer, Drucker und sogar ein Fotokopierapparat. Das hat dem Preußen gleich gefallen, du wirst schon noch sehen, warum.

Bei der Gelegenheit, hast du dir das schon einmal überlegt, was sagst du, wenn sie dich irgendwo erwischen, wo du nicht besonders erwünscht bist. Meine Empfehlung, sag einfach, du suchst das Klo. Weil das kennt der hartgesottenste Aufpasser, wie das ist, wenn es dir schon zu den Ohren herauskommt und du hast noch keinen Platz gefunden, wo es endlich geht. Da glaubt dir jeder die Verzweiflung und vergisst gleich wieder, dass du vielleicht ein Schnüffler sein könntest. Am besten sagst du »Entschuldigung, ich suche die Toilette« und siehst du, genau das hat der Preuße gesagt, wie ihn der Kellner gefragt hat, was er da sucht.

Der Kellner natürlich sofort beruhigt, aber der Preuße, der Fuchs, merkt auf Anhieb, dass er da keine Kellnerphysiognomie vor sich hat, weißes Jackett hin oder her, und wenn du heute hauptberuflich ein Kellner bist, dann lässt du dir so eine grobe Zahnlücke besser richten. Ob er von einer Cateringfirma ist, fragt der Preuße. Nein, sagt der Kellner, er war zu oft mit den großen Buben im Casino und der Döring hilft ihm da wieder heraus, finanziell, und die anderen zwei Kellner, der Schorschi und der Waggi, da studiert bei dem einen die Tochter und der andere hat sich beim Hausbauen übernommen. Und, Gegenzug, da hilft man dem Döring auch gern, wenn er einmal einen Handgriff braucht. Wenn du dich jetzt wunderst, von wegen Offenherzigkeit, dann musst du dich daran erinnern, dass wir auf dem Land sind, da weiß eh jeder alles von jedem und ein Preuße mehr oder weniger macht da auch nichts mehr aus.

Er hat es sich schon gedacht, sagt der Preuße, dass der Kellner hauptberuflich lieber im Freien ist. Schon, sagt der Kellner, aber Ehrensache, nicht beim Döring im Revier, mehr beim Staat und grinst so breit, dass dem Preußen die Zahnlücke wie das reinste Scheunentor vorgekommen ist. Weil wenn du hauptberuflich Wildern gehst und du hast eine Zahnlücke, dann bist du natürlich schlecht beraten, wenn du sie dir richten lässt. Auf einer guten Zahnlücke kannst du pfeifen, dass man es kilometerweit hört, das brauchst du zum Beispiel, wenn du im Wald draußen den Schorschi und den Waggi warnen musst, weil die Olbers gerade in ihre Richtung fährt, und du hebst gerade den Pansen aus einem Stück Rotwild. Und in der Blattzeit[xiv], da kannst du auf deiner Zahnlücke dem Rehbock ein Schmalreh vororgeln, dass er vor lauter Du-weißt-schon seinen gesunden Rehbockverstand vergisst und fünf Minuten später braucht er ihn eh nicht mehr. So schnell kann es gehen.

»Und bei Euch hinten braucht man es eh nicht probieren«, sagt der Kellner, schau, der hat gewusst, wo er den Preußen hintun muss, »da siehst du kein Stück, obwohl der Döring dort so gut wie gar nicht jagert.«

Woran das liegen kann, fragt der Preuße.

»Vielleicht mag das Wild keine Sachsen«, sagt der Kellner mit so einem zahnlückigen Achselzucken. Da fragst du dich, wie daraus ein Schuh werden soll, und das hat sich der Preuße auch gefragt, aber in dem Moment ist der Döring die Stiege hinuntergekommen, es tut ihm leid, dass er das Gespräch unterbrechen muss, der Fredl wird dringend oben gebraucht. Der Kellner ist gleich mit dem Döring nach oben, aber er hat sich noch einmal umgedreht und zum Preußen gesagt, er soll nicht aufs Klo vergessen, nicht dass noch ein Malheur passiert. Der Döring hat gelacht, er soll sich beeilen, weil das könnte er dem Preußen nie verzeihen, wenn er jetzt gleich seine Rede hält, und der Preuße ist auf der Toilette und bekommt nichts mit.

Der Preuße natürlich mit hinauf und so getan, als ob er aufs Klo geht und vielleicht hat er wirklich etwas zusammengebracht, weil wie er wieder herauskommt, ist der Döring schon voll im Thema und da kannst du nichts sagen, alles freie Rede. Das Bankhaus Döring, sagt er, skandalfrei seit Gründung und daheim in einem kleinen Ort, aber auf der ganzen Welt dabei, wo man Gutes tun und gleichzeitig Geld verdienen kann, weil Gutes kostet immer Geld, und es hilft nichts, Geld muss irgendwo verdient werden. So etwas gefällt natürlich dem Preußen, stabile Basisphilosophie, wenn du Karriere machen willst. Wenn du mit *Money is the Root of all Evil* einsteigst, schaut es schon schlechter aus, du siehst ja, was aus mir geworden ist.

Natürlich, der Döring hat auch noch ein Einstein-Zitat ausgepackt, nämlich das vom Universum und der Dummheit und unbegrenzt[XV], weil das wollte er denen hinreiben, die nicht verstehen, dass es für die Döring-Bank kein Widerspruch ist, dass man Geld verdient und dabei Gutes tut. Aber einer, der das schon immer verstanden hat, ist sein alter Freund und Geschäftspartner Rupert Lansky aus Miami Beach, den er hiermit herzlich begrüßen will. Und du hast es dir schon gedacht, der menschenscheue Erdäpfel, das ist der Lansky gewesen. Kein Vorwurf, da wirst du auch menschenscheu, in so einer Umgebung, um dich herum Smalltalk hoch drei, und du verstehst rein gar nichts, außer es sagt jemand zufällig deinen

Namen. Der Lansky hat nur kurz gelächelt und so andeutungsweise die Hand gehoben.

Und man kann immer noch dort am meisten Gutes tun, sagt der Döring, wo ein armes Land sich entschlossen hat, dass es von der Planwirtschaft zu etwas Gescheitem übergeht und darum begrüßt er den Herrn Dr. Ruiz Zopenco von der kubanischen Botschaft in Berlin, mit dem sie in den nächsten Tagen ein Projekt auskarteln wollen, bei dem es vierhundert neue Arbeitsplätze in Havanna und Umgebung geben wird. Gleichzeitig sein letztes Ding im Auslandsgeschäft, alles andere macht schon der Hubertus mit Bravour.

Der Kubaner, das war der melancholische Gepflegte, und das melancholische Lächeln, mit dem er sich für die Begrüßung bedankt hat, da haben etliche Frauen geseufzt, dass es sogar dem Preußen aufgefallen ist.

Der Döring gleich weiter, dass er noch einen alten Freund begrüßen will, einen, der schon zum Inventar gehört, obwohl er ein Sachse ist, haha, und die meisten kennen ihn nur als den Professor, aber er heißt Erich-Walter Augenkneist und er ist nach einer längeren Forschungsreise wieder am Ort. Der Graubärtige mit dem billigen Anzug hat kurz genickt.

Nach wie vor, sagt der Döring, fördert seine Bank uneigennützig Forschungsprojekte und zwar solche, die im Mainstream keine Chance hätten, weil das macht ihm einfach Spaß und irgendwann ist ein Nobelpreis dabei, er weiß es ganz genau. Erstklassiger Lacherfolg, kannst du dir denken.

Aber er versteht ja schon gar nicht mehr, was seine Forscher so alles treiben, sagt er, da muss sich jemand kümmern, der frisch von der Uni kommt, und darum hat er die Forschungsförderung gleich zusammen mit dem Auslandsgeschäft dem Hubertus übergeben. Auch nicht ungeschickt, wenn du mich fragst, weil als Wissenschaftler musst du eh jeden Finanzier mit Handkuss nehmen, und wenn er tausendmal ein dummer Vampir ist. Der Professor hat etwas in der Art gesagt, er fühlt sich nach wie vor in besten Händen, aber kaum verständlich, was willst du ohne Mikrofon.

»Den habe ich gemeint«, sagt eine Stimme neben dem Preußen und es war der Fredl mit seiner Zahnlücke. Diesmal mit einem Tablett, auf dem hat er Sekt, Sekt Orange und Orangensaft spazieren getragen. Dem Preußen seine Wahl natürlich alkoholfrei. Oben hat der Döring begrüßt und begrüßt, vom Pfarrer bis zum letzten Gemeinderat, aber das hat den Preußen schon nicht mehr interessiert.

»Sachse und zu viel im Wald?«, fragt der Preuße.

Aber genau, sagt der Fredl.

Weißt du, da lacht man immer über die sogenannten einfachen Leute, aber die haben oft ein Gespür, das merkst du am Fredl. Der hat nicht studiert und gar nichts, aber eine klare Vorstellung, dass das Wild dort, wo es normal keine Sachsen gibt, einfach verschreckt reagieren muss, wenn auf einmal ständig einer im Wald herumläuft. Die Viecher wissen ja nicht, dass er nur Botanik will.

Aber der Preuße natürlich berechtigter Kommentar, man merkt ja nicht, dass er ein Sachse ist, wenn er nichts sagt, oder führt er Selbstgespräche im Wald.

Keine Selbstgespräche, sagt der Fredl, vor einem Jahr hat er noch so einen Polanti gehabt, der hat alles tragen müssen, und den hat er herumkommandiert, dass es eine wahre Freude gewesen ist. Alles laut und beide auf Sächsisch. So etwas bleibt beim Wild lange in der Erinnerung.

Und den Polanti hat er nicht mehr, fragt der Preuße.

Jetzt ist der Fredl mit der Stimme herunter und hat gesagt, offiziell hat der Polanti gekündigt.

Und inoffiziell?

Inoffiziell, sagt der Fredl, hat er mit eigenen Augen den Professor und den Polanti den Weg hinaufgehen sehen, den, wo man von der Schwartelmeierhütte nach Österreich kommt, und zurückgekommen ist nur der Professor. Der Preuße hat seinen Orangensaft geext und sich einen Sekt Orange genommen.

Ob der Fredl das gemeldet hat?

Natürlich hat er es dem Döring gesagt, dem alten und dem jungen. Aber den alten hat es nicht interessiert und der junge ist sowieso ein Depp.

Und die Polizei? Der Fredl hat über seine ganze Zahnlücke gegrinst. Und wenn einer, der sich seine

Zahnlücke nicht richten lässt, so grinst, dann weißt du sofort, bevor der der Polizei etwas steckt, da lässt er sich lieber noch einen Zahn einschlagen. Er hat gesagt, es ist eh egal, ein Polanti aus Sachsen, den niemand vermisst meldet, der muss schon tot über den Zaun hängen, bevor die etwas unternehmen.

Wenn du mich fragst, ich glaube, das war der Punkt, wo der Preuße endgültig den großen Fehler gemacht hat. Keinen äußerlichen, sondern wenn du in deinem Hirn einen Schalter umlegst, das ist von den Folgen her meistens viel schlimmer, als wenn du beim Staatsempfang einen fahren lässt oder du kaufst einen Gebrauchtwagen zu teuer. Überlege einmal, Bär weg, Morddrohung und jetzt auch noch ein Mensch weg, wahrscheinlich, da sagst du normal okay, das ist jetzt etwas für die Polizei und den Staatsanwalt und kein Ministerialdirektor der Welt kann dir böse sein, wenn du aussteigst. Aber beim Preußen hat das genau umgekehrt gewirkt, du musst daran denken, sein Erfahrungshintergrund von wegen abgefrühstückt von dem Steuerfahndungsjudas, habe ich dir alles erzählt. Jetzt erst recht die Komplettlösung, hat er sich ungefähr gedacht, und wenn er ganz allein so einen richtigen Riesensumpf austrocknet, dann gibt es für seine Karriere überhaupt keinen Bahnhof mehr. Da ist der Mensch ja auch nur ein Tier.

Irgendeiner von der Feuerwehr hat dann den Fredl gerufen, er soll einmal mit dem Sekt herkommen, der kocht ja schon bald, und der Preuße hat sich gedacht, es wird Zeit, dass er einmal bei der Kerngruppe vorbeischaut. Die war schon einen Stock höher, in der Bar. Das darfst du dir jetzt nicht so vorstellen wie die Bar vom Faschingsball bei euch daheim in der Turnhalle, sondern polierte Mahagonitheke, im ganzen Raum dunkelrote Ledersitzgruppen, indirekte Beleuchtung in Pastellfarben, damit es schön dunkel bleibt, angenehmer Jazz im Halblautbereich, hätte mir auch gefallen.

Auf jeden Fall, der Preuße geht vorsichtig hinein, anfangs siehst du ja nichts in so einer Bar, bis deine Augen langsam die Lichtempfindlichkeit aufdrehen. Aber noch bevor er wirklich etwas gesehen hat, steht schon der Döring vor ihm, er muss jetzt unbedingt mitkommen. Der Preuße hat mir gesagt, er glaubt nicht, dass das mit den anderen abgesprochen war.

Weil das kennst du auch, du kommst wo dazu und du merkst sofort, die haben sich gestritten und es wäre ihnen am liebsten, du scherst dich zum Teufel. Aber Höflichkeit und Etikette, sie sagen, du sollst ihnen doch bitte Gesellschaft leisten und hoffen, dass du es nicht tust, damit sie beim Thema bleiben können. Aber der Preuße die reinste Filzlaus, den bist du nicht losgeworden, wenn er sich etwas für seine Karriere herausgesehen hat. Und wenn ich er gewesen wäre, ich hätte mich auch dazugesetzt, wenn ich schon offiziell aufgefordert bin und den Professor, den Lansky, den jungen und den alten Döring alle auf einmal beieinander habe. An den Blicken hast du schon sehen können, keine Begeisterung über dem Döring seinen Schachzug, dass er ausgerechnet jetzt den Preußen daherbringt. Aber der Preuße hat sich gefreut, weil goldene Regel, wenn du etwas herausbekommen willst, beste Zeit, wenn die anderen Ärger miteinander haben.

Der Preuße hat natürlich ein Mineralwasser bestellt, kein Mensch kann aus seiner Haut, aber das ist schon eine Leistung bei einem Barmann, der dreihundert Cocktails im Schlaf aufsagen kann.

Es ist nicht leicht, sagt der junge Döring, der Hubertus, zum Preußen, wenn man einen Vater hat, der alles, die Bank, die Familie nach Gutsherrenart handhabt. Vollstes Verständnis beim Preußen, ich habe dir noch nicht erzählt, dem sein Vater war auch nicht ohne. Was meinst du, wer dem schon als Wickelkind die ganze Idee von der Karriere in die Muttermilch gerührt hat, da war die Nabelschnur noch nicht abgefallen. Und wenn ich dir noch sage, dass dem Preußen sein Übervater ein Pädagoge gewesen ist, dann kennst du dich schon aus, jeden Tag professionelle Gehirnwäsche, da wirst du auch zum Hirsch. Dann lieber noch ein Banker, meine Meinung.

Heute, sagt der Hubertus, muss man sich im Bankgeschäft entscheiden, entweder man ist ein professioneller Idealist oder man ist ein professioneller Bandit. Und sein Vater glaubt immer noch, dass er durchkommt, wenn er so als Bauernspezi und Schlawiner herumlaviert. International kann man eine Bank nur noch mit Corporate Social Responsibility, Corporate Governance und Corporate Citizenship führen. Natürlich, der alte Döring hat gewusst, dass das alles ein gequirlter Scheißdreck ist, den die Theoretiker seinem Nachwuchs da auf der Uni eingekippt haben, aber er hat auch gewusst, dass das normal wieder vergeht. Der Preuße natürlich große Sympathie für den Hubertus, quasi unter selbsternannten Idealisten.

»Wirst schon sehen«, hat der alte Döring gesagt und den Hubertus angegrinst.

Ich glaube, das hat den Hubertus noch mehr geärgert, als wenn sein Vater eine Gegenpredigt gehalten hätte. Weil das »wirst schon sehen«, das war dermaßen souverän, da braucht so ein Bub von der Uni erst einmal zwanzig Jahre Praxis, bis er das nur einigermaßen hinbekommt.

Der Hubertus ist ganz rot geworden, die Welt wäre ein ganzes Stück besser, sagt er, wenn alle Banken sich freiwillig den ganzen Corporate-Dingsdi verordnen würden.

Bei uns hat es einen gegeben, wenn der gemeint hat, er sagt jetzt etwas Wichtiges, da hat es ihm die Augen nach vorne hinausgedrückt wie bei so einem Glotzfisch. Und bei der Gelegenheit hat er auch noch einen Sprachfehler entwickelt, weil da hat ihm die Aufregung in die Zunge-Lippen-Koordination hineingepfuscht, und wenn er dann noch schnaufen gemusst hat, hat er immer zwischendrin ein Geräusch gemacht, das hat sich angehört, als ob er »sprotz«

sagt. Das muss ein verdrehtes Gen sein, vielleicht gar nicht so selten, weil beim Professor hat es auch gesprotzt, nur auf Sächsisch. Ich kann das jetzt nicht so nachmachen, aber stell dir vor, dass ungefähr nach jedem zehnten Wort ein »sprotz« kommt. Und Glotzaugen hoch drei, was meinst du.

Auf jeden Fall, der Professor hat gesagt, er kann sich nicht vorstellen, dass man eine Bank ganz in Unschuld führen kann und wenn man noch so ein Idealist ist. Wenn überhaupt jemand ein Idealist sein kann, ist es ein Naturwissenschaftler und das ist schon schwer genug.

Und dann hat der Professor die Geschichte erzählt, wie der Che Guevara[xvi] Präsident von der Zentralbank von Kuba geworden ist, nämlich damals, wie der Castro Kuba übernommen hat, da haben die sich zusammengesetzt, damit sie die ganzen Posten im Staat neu vergeben, weil es muss ja seine Ordnung haben, auch nach einer Revolution. Wie es um die Zentralbank gegangen ist, fragt der Castro, ob denn ein *economista* unter den Anwesenden ist. Der Che Guevara hat aber gerade ein Nickerchen gemacht, auch so einer darf einmal müde sein, und er hat im Halbschlaf *comunista* verstanden. Natürlich reißt er gleich die Hand nach oben und zack, schon hat er den Job gehabt. Auf so eine Karriere kannst du als Preuße nur neidisch sein, aber damit das funktioniert, brauchst du schon instabile Verhältnisse, weil in einem geregelten Staat wird es nichts.

Jedenfalls, sagt der Professor, abgesehen davon, dass der Che Guevara ein lausiger Ökonom und Zentralbankchef gewesen ist, ein Unschuldsengel war er schon zweimal nicht, quod erat demonstrandum.

Du musst daran denken, was ich dir von dem Abend auf Thread Nummer zwei erzähle, weiß ich ja alles nur vom Preußen, und das kannst du mir glauben, ich tue mein Bestes, dass ich für dich daraus mache, was wahrscheinlich in Wirklichkeit passiert ist, weil ich kenne dem Preußen seinen Wahrnehmungsfilter. Nicht ganz einfach bei dem melancholischen Kubaner, weil den habe ich praktisch nie gesehen, zumindest nicht im Originalzustand, aber der war scheinbar so ungewöhnlich, der Preuße wird ihn sich schon richtig gemerkt haben. Und rein ökonomisch rentiert es sich fast nicht, dass ich dir noch etwas von seiner Stimme erzähle, weil viel sagen wird er eh nicht mehr. Aber die Stimme hat den Preußen so etwas von fasziniert, er hat gesagt, der hat ganz sanft gesprochen, fast wie eine leise Musik, aber trotzdem ein Nachdruck dahinter, dass es dir einen Scheitel zieht. Lupenreines Deutsch, keine Beanstandung, aber mit einem Hauch von einem kubaspanischen Akzent, das setzt natürlich noch einen drauf. Ich habe den Preußen sogar einmal vor dem Spiegel erwischt, da hat er es geübt, aber ich habe ihm gesagt, mit seinem Ergebnis kann er höchstens fragen, ob er einmal den SpongeBob synchronisieren darf.

Aber der Kubaner mit dieser Wahnsinnsstimme hat dem Professor herausgegeben, ganz ruhig, und trotzdem hast du gemerkt, Kesseldruck im roten Bereich. Was der Professor denn glaubt, dass einer wie er, ein Opportunist von der widerlichsten Sorte, es überhaupt wagen kann, dass er den Namen vom Che Guevara in den Mund nimmt. Erst ein hundertprozentiger Kommunist, dem es nichts ausgemacht hat, dass er seine Landsleute verrät, und jetzt lässt er es sich im Kapitalismus gut gehen.

Der Professor ist mit so einem Akademikerlächeln gekommen. Er hat es eh schon gesagt, sagt er, sein einziges Ideal ist die Wissenschaft und für die hat er alles getan, früher und jetzt.

Eine recht zweitklassige Wissenschaft, was man so hört, sagt der Kubaner.

Wenn du ein Kommunikationstheoretiker bist, dann sagst du in so einem Fall, das Argument hat den Professor erreicht. Der Kubaner kann es sich jederzeit anschauen, von ihm aus auch gerne sofort, sagt er. Ziemlich laut, hat der Preuße gefunden.

Ob der Herr Dr. Ruiz Zopenco kurz mitkommen könnte, es möchte jemand dringend mit ihm sprechen. Das war der Fredl. In so einer halbdunklen Bar kannst du als Kellner auch heute noch einen Überraschungsauftritt hinlegen wie der große Prophet Zarquon.

Natürlich, sagt der Kubaner. Und zum Tisch hin hat er gesagt, dass er noch überhaupt nichts zugesagt hat und er muss es sich noch gut überlegen und dass er gleich wieder kommt. Aber er ist dann überhaupt nicht mehr gekommen.

»Ist schäne Mann jetzt gegangen?« Auf einmal sind die Leni und die Maxi da gestanden. Ja, schon, sagt der alte Döring, aber ihm persönlich sind schöne Frauen noch lieber, sie sollen sich doch dazusetzen. Der Hubertus hat mit den Augen gerollt, dass es fast gequietscht hat, aber die beiden haben gekichert und sich hingesetzt. Sie haben erzählt, sie haben den Produzenten jetzt fertig aufgetankt und dass die zwei Gorillas schon vorher weggemusst haben und dass es jetzt endlich lustig werden kann.

Jetzt könntest du meinen, dass der Lansky ein wenig auftaut, wenn sich zwei Frauen an den Tisch setzen, vor allem welche, die du dir schon gut anschauen kannst. Aber Fehlanzeige hoch drei. Der ist die ganze Zeit gesessen wie ein Tischmonument. Ich gebe zu, mit so einer medizinischen Sonnenbrille bist du praktisch blind, aber sehr unwahrscheinlich, dass er auch noch taub gewesen ist. Der Hubertus hat ihm ja zwischendurch immer wieder ein Wort auf Englisch zugeraunt, so eine Art Minimalübersetzung. Da hat man gemerkt, dass der Lansky noch lebt, weil bei so einer Gelegenheit hat er immer etwas gebrummt, wahrscheinlich *yes* oder *ok*.

Aber apropos es kann lustig werden. Jetzt hat der Professor geglaubt, er kann übernehmen, weil er ist noch so sauer gewesen wegen wissenschaftlicher Abqualifizierung und er hat angefangen von biogenen volatilen organischen Verbindungen, kurz BVOCs, und von Neophyten und *Impatiens glandulifera* und Faszination und was noch alles, hätte nur noch gefehlt, dass der Preuße mit seinem Dienstwagenhau einsteigt. Alles zu seiner Zeit, sage ich immer, und zum Glück hat es der Fredl bemerkt, dass die Stimmung ins Fade kippt. Du musst dir vorstellen, der Hubertus, der Lansky und der Professor sind jetzt gegenüber von der Maxi, der Leni, dem Döring und dem Preußen gesessen. Und der Fredl hat sich hinter dem Professor aufgestellt und den ganzen aufgeblasenen Vortrag mitgesprochen, aber völlig ohne Ton, der Professor quasi die Synchronstimme für den Fredl. Nur hat der Fredl das Schielen und das Sprotzen noch viel besser beherrscht als das Original, und dass einer auf Kommando seine Augen herausdrücken kann, Marty Feldman daneben Hobbyniveau, das ist schon großes Kino, meine Meinung.

Einer hat es nicht lustig gefunden, du errätst wer, aber dafür haben sich die Maxi, die Leni und der Döring fast festhalten müssen, damit sie nach außen hin ernst wirken. Aufgeflogen ist die Sache dann, wie die Leni gefragt hat, »Entschuldigung, ist ›Sprotz‹ ein deitsches Wort?«

Da hat der Döring nicht mehr gekonnt und er hat losgelacht wie ein Walross. Der Professor hat sich umgedreht und dann war es natürlich aus. Er hat verstanden, sagt er, er gehört hier nicht dazu, auf Wiedersehen.

Der Hubertus hat fast einen Wutanfall bekommen, moralisch völlig gerechtfertigt, hat mir der Preuße gesagt, und seinen Vater angeschrien, das ist genau das, was er immer meint, Null Komma Null Corporate Social Responsibility. Beruhige dich, sagt der Döring, ein bisschen was muss er schon aushalten können, bei deiner idealistischen Forschungsförderung. Dann ist er aufgestanden und einen Stock tiefer zur Damenstreichkapelle, weil es steht nirgendwo geschrieben, dass du deinen Sohn ununterbrochen aushalten musst.

Auf Thread Nummer eins bin ich aufgewacht, weil es mein Unterbewusstsein nicht mehr ausgehalten hat. Und bei uns hat es einen gegeben, der hat immer gesagt, man übersieht generell, dass es zwischen den Dingen das Nichts gibt und oft ist das Nichts wichtiger als die Dinge und es kann passieren, dass dich das Nichts richtig anschreit.

Und das Nichts hat mich so angeschrien, dass ich aufgewacht bin, aber trotzdem habe ich mich anstrengen müssen, dass ich darauf gekommen bin. Weil, das kennst du auch, wenn man sich an etwas gewöhnt hat, dann gibt es einen Punkt, wo man es regelrecht braucht, und wenn es die Totenuhr ist. Aber jetzt war es ganz still. Und wenn ich die Wahl habe zwischen einer unheimlichen Stille, aus der mich das

Nichts anschreit, und der Totenuhr, dann weißt du, was ich mir aussuche. Und wahrscheinlich hat sich der Wurm nach dem Abendessen einfach nur hingelegt, aber hoffnungslos, wenn du das deinem Kleinhirn erklären willst. Auf Thread Nummer zwei ist es auch still gewesen …

… und die peinliche Stille kannst du dir vorstellen, aber der Preuße hat einen Themenwechsel hinbekommen, da kannst du nur schauen. Ja, sagt er, es ist geradezu unglaublich, wir beim Staat, wir verwalten nur noch den Mangel, am schlimmsten ist es mit den Bürogeräten, wir wären schon froh, wenn wir das hätten, was sie woanders wegschmeißen. Der Hubertus die Erleichterung in Person, dass er über etwas hat reden können. Was der Preuße denn am dringendsten brauchen könnte, fragt er.

Mit den Fotokopierern ist es am schlimmsten, sagt der Preuße.

Der Hubertus hat gesagt, er schenkt dem Preußen gern einen. Sein Vater hat letzte Woche erst wieder alles neu gekauft und jetzt werden praktisch nagelneue Sachen hinausgeworfen, es ist schlimm, er lässt den Kopierer morgen zur Hütte bringen, den Transport nach München müsste aber der Preuße organisieren. Der Preuße hat gesagt, dass das sehr freundlich ist und man glaubt es nicht, sogar auf der Hütte hätte er streng genommen schon etliche Kopien machen müssen.

Dann war es wieder ruhig. Dass vom Lansky etwas kommt, hast du sowieso nicht erwarten dürfen, der Preuße und der Hubertus haben beide wegen einem neuen Thema nachgedacht und die Leni hat sich schuldig gefühlt. Der Preuße hat mir hinterher erzählt, man hat den vollgetankten Produzenten zwei Sitzgruppen weiter schnarchen gehört.

»Wie gäht es arme Klugi?«, hat die Maxi den Preußen gefragt, also zweimal am gleichen Abend nach mir erkundigt, aber da darf man sich nichts vormachen, reine Verlegenheit.

Der Döring ist zurückgekommen und hat sich hingesetzt. Er hat gesagt, es ist etwas Furchtbares passiert.

Du kannst dich auch daran gewöhnen, dass dich das Nichts anschreit, und mit der Zeit freundest du dich mit dem Nichts an und du merkst, den schlechten Ruf hat es gar nicht verdient, und ein gepflegtes Nichts, jetzt wo man es besser kennt, ist um Welten besser, als das ganze unnütze Zeug, das einem das Leben schwer macht. Aber du weißt schon, dass du nichts für immer haben kannst, vor allem dann, wenn wir annehmen, du bist gestorben und nicht religiös. Aber ich meine es auch so, dass es nicht einmal das Nichts auf Dauer gibt, da kannst du dich tausendmal damit angefreundet haben.

Zuerst habe ich gedacht, das Auto, das den Waldweg zur Hütte hinauffährt, ist der Preuße, beziehungsweise der gelbe Japaner. Aber wenn du dem Preußen seinen Fahrstil kennst, möglichst nicht schalten, dann weißt du sofort, es muss jemand anders sein, wenn er so untertourig daherkommt, dass das Reifengeräusch lauter ist als die Maschine. Und dass da etwas Größeres gekommen ist als ein gelber Japaner, das hättest du auch bald gehört.

Meine erste Amtshandlung sofort Licht aus. Das kannst du mir glauben, ich bin von klein auf ein Gegner von Hysterie, aber ich will nicht, dass sie einmal auf meinen Grabstein schreiben müssen, ich bin an Dummheit gestorben. Dann habe ich mir meine telefonischen Möglichkeiten überlegt. Dass es WLAN gegeben hat, weißt du schon, und normal hängt an dem Router auch gleich ein Telefon, aber das hat sich der Schwartelmeier entweder gespart oder es ist eines da gewesen und ich habe einfach nicht aufgepasst. Und wenn du das Suchen erst anfängst, wenn deine Mörder schon gefahren kommen, dann ist es einfach nicht die richtige Zeit. Handynetz hast du vergessen können, bleibt nur E-Mail. Aber davon hast du nicht viel, dass die Leute später sagen, ja, ja, das ist die E-Mail, die hat er noch geschrieben, kurz bevor sie ihn umgebracht haben, wenn ich das gewusst hätte, aber so spät in der Nacht schaue ich meine Mailbox nicht mehr an.

Und die einfache Grundregel, angeblich vom Dalai Lama oder sonst so einem alten Chinesen[xvii], wenn sie dich holen kommen, dann sei nicht dort, wo sie dich suchen. In meinem Fall, unter keinen Umständen in der Hütte bleiben. Und was der Dalai Lama noch gesagt hat, nichts kuriert Übelkeit so gründlich wie eine gepflegte Angst. Vielleicht war es auch der Charlie Chan. Egal welcher es gewesen ist, er hat recht gehabt, zumindest vorübergehend, und ich bin hinten bei den Treibhäusern vom Professor ins Freie hinaus. Von hinter dem Geräteschuppen habe ich den Platz vor der Hütte gut im Blick gehabt und auch den Wald unterhalb. Zwischen den Bäumen habe ich schon die Lichter von dem Auto kommen gesehen. Und mit der Angst war es nicht gut, aber einigermaßen im Griff, weil ich habe gewusst, dass sie mich im Freien nicht bekommen, weil zu finster und zu viel Botanik.

Wenn ich jetzt theatralisch sein möchte, dann würde ich sagen, das Auto ist aus dem Wald gekrochen wie so ein vorweltlicher Drache. Und wenn du den allerersten James Bond gesehen hast, da haben die Bösen einen Bulldog oder so ein Vehikel notdürftig als einen Drachen hergerichtet und die dumme Urschel von einem Bond-Girl glaubt noch, dass er echt ist. Komisch, an was man alles denkt, weil das ist mir eingefallen, wie das Auto dahergekommen ist. Vielleicht deswegen, weil es recht groß war, so eine Art Lieferwagen, und mit Standlicht ist es nicht so grell, da schauen die Scheinwerfer noch mehr wie Augen aus, alles wie beim Bond, nur dass sie vorne keinen Flammenwerfer drin gehabt haben. Ich habe mir jedenfalls gedacht, wenn die jetzt in die Hütte gehen, dann gehe ich langsam nach hinten in den Wald und bin unsichtbar. Das war der Plan.

Und wahrscheinlich kennst du es auch, wie einen das ärgert. Erst machst du dir vor Angst fast die Hose voll, dann machst du einen Plan, Strategie auf Ministerialdirektorniveau, und dann macht sich niemand etwas daraus. Weil die sind einfach vorbeigefahren. Nicht stehengeblieben, gar nichts. Der Lieferwagen-Drache ist einfach weitergekrochen, den Weg in Richtung B-Punkt hinauf. Aber der menschliche Geist ist ja unermüdlich und darum gleich die nächste Erklärung, dann sind es Wilderer, habe ich mir gedacht, Auto, Fahrstil, Beleuchtung hat ja alles gepasst. Ich habe noch ein paar Minuten gewartet, dann bin ich wieder in die Hütte und habe mich ins Bett gelegt. Ich war immer noch fast ein wenig beleidigt, weil sich niemand um mich kümmert, und ich war auch gleich wieder richtig krank, weil dem Charlie-Lama seine Angstheilungsregel hilft natürlich nichts, wenn du keine Angst mehr hast. Bei der Gelegenheit habe ich auch festgestellt, dass mir kalt war, weil ich bin die ganze Zeit im Schlafanzug draußen gewesen und eine Nacht im August kann schon auch einmal zapfig werden.

Wahrscheinlich bin ich eingeschlafen, aber ich weiß es nicht mehr, ist auch egal. Wichtig, dass sich die Verkehrslage auf einmal geändert hat und daran könntest du dich auch erinnern, wenn du es gehört hättest. Ich bin auf einmal einen Meter über dem Bett gelegen, weil unten ist ein Motorrad vorbei und mit Karacho den Berg hinauf, dass es den Kies unten an die Fensterscheiben geschleudert hat. Wenn du dir den Lieferwagen noch als einen Drachen vorstellen magst, dann passt das Motorrad gut als der heilige Sankt Georg, wie er dem Vieh endgültig den Rest geben will. Und es hat nicht lang gedauert, da hat es im Hang oben gekracht, als ob der heilige Sankt Georg den Drachen im Flug abgeschossen hat und der ist in den Wald hinein abgestürzt, du machst dir keinen Begriff.

Jetzt habe ich zum zweiten Mal überlegen müssen, was ich tun soll und ich war noch nicht fertig damit, da ist das Motorrad mit Kamikazetempo den Hang hinunter, an der Hütte vorbei und ich habe noch gehört, wie es ganz unten auf die Hauptstraße eingebogen ist. Dann habe ich auch schon gewusst, was ich mache, weil viele Möglichkeiten sind es eh nicht gewesen. Ich habe mein Handy genommen, schnell in die Schuhe, und ich bin den Weg zur Straße hinuntergerannt. Und das kennst du, wenn du krank bist und es pocht alles in deinen Ohren, das ist normal ein Scheißgefühl. Aber in der Situation, ich weiß nicht, was ich ohne das Pochen gemacht hätte, das war auf einmal der Rhythmus, nach dem ich gerannt bin, das musst du dir so vorstellen wie bei den Römern, die haben auf ihrer Galeere auch einen Trommler gehabt, damit sie sich beim Rudern nicht verhaspeln. Trotzdem hat es mir noch zweimal meinen leeren Magen nach außen gedreht, bis ich weit genug war, dass ich endlich Empfang gehabt habe. Jetzt zum Telefonieren hätte das Pochen gerne wieder vergehen können, aber du kannst nicht alles haben.

Auf der Notrufzentrale hat es gedauert, bis sie sich mit mir ausgekannt haben, möchte man meinen, da rufen öfter Leute an, die sich ein bisschen gebeutelt anhören. Dann kommt noch dazu, dass ich nicht Hochdeutsch kann, wenn ich aufgeregt bin, und der Telefonist war auch ein Preuße und noch dazu einer mit einem pädagogischen Anspruch. Da habe ich erst schreien müssen, bis er verstanden hat, dass ich nicht anrufe, weil ich eine Beruhigungstheraphie haben will oder eine Grammatikstunde. Ich soll dort warten, wo ich bin.

Wenn ich dich jetzt frage, ob du weißt, was das Rendezvous-System ist, dann jede Wette, du denkst in die falsche Richtung. Das ist nämlich, wenn die Sanitäter und der Notarzt nicht mit dem gleichen Auto kommen. Die Sanitäter sind zuerst da gewesen und das Rendezvous-System hat bestimmt auch seine Vorteile, aber der Nachteil, dass die Sanitäter glauben, sie müssen sich überhaupt nicht benehmen, wenn kein Doktor dabei ist. Scheinbar hat denen der Telefonpädagoge von der Zentrale gesagt, wer weiß, ob ich richtig im Kopf bin und eventuell alles nur ein eingebildeter Unfall. Und ich im Schlafanzug mitten im Wald gestanden wie einer, der aus dem Narrenhaus ausgekommen ist, das hat natürlich ins Bild gepasst. Führ uns hin, haben sie gesagt, aber kotz uns bloß nicht ins Auto, so wie du ausschaust. Gleich per du, da reicht es mir eh schon, und wegen dem Kotzen habe ich gesagt, ich möchte gerne, aber ich kann nicht.

Aber die hätten es trotzdem beinahe geschafft, dass ich noch einmal speien muss, weil alte Grundregel, wenn die Sanitäter einmal im Wald Vollgas den Berg hinaufräubern können, dann nutzen sie die Gelegenheit. Und ernstgenommen haben die den Einsatz eh nicht, sonst hätten sie nicht ständig blöd dahergeredet, was mich das kostet, wenn ich sie umsonst alarmiere. Aber wie sie dann den Lieferwagen gesehen haben, das hat ihnen das Mundwerk gestopft. Und so schnell kannst du nicht schauen, wie auf einmal die Feuerwehr da war, mit Kran und allem, Polizei und Notarzt sowieso.

Der Tod ist ja immer schon so ein Thema gewesen. Wenn du einen Biologen fragst, sagt er kein Problem, dann ist es halt einfach vorbei, stell dir vor, es macht einer das Licht aus, nur dass es alle fünf Sinne auf einmal sind. Wenn du damit nicht zurechtkommst, gehst du vielleicht zu einem Pfarrer und der sagt dir, Biologismus, alles Unsinn, es ist dann überhaupt nicht vorbei und du sollst bloß aufpassen, dass du alles richtig machst, sonst hast du hinterher unbefristet Sauna und das ist nur die erste halbe Stunde lustig. Wenn du alles richtig machst, dann natürlich Paradies ohne Ende, aber konkretere Auskunft nur sehr ungern, wahrscheinlich damit es hintennach keine Beschwerden hagelt. Jetzt gibt es noch die ganz die anderen, die erzählen dir, wenn du alles ganz richtig machst, dann kannst du im Himmel sechzehnjährige Mädels bumsen, dass es nur so staubt, und das ist ok, was konkret betrifft, aber ehrlich, aus solchen Hühnern mache ich mir nichts, die sollen lieber in die Schule gehen. Und glaube mir, die Eintrittskarte für die Mädels, die willst du dir nicht verdienen.

Wenn du das Blockuniversum nimmst, dann ist es überhaupt ganz einfach. Da gibt es ein Stück Raumzeit und das ist deines. Und in dem Stück Raumzeit bist du einfach da, außerhalb davon nicht. Vielleicht kann man sich das als eine Art ewiges Leben vorstellen, weil der Punkt, an dem du stirbst, das ist nur der Ort, wo deine Raumzeit aufhört, aber deswegen verschwindest du ja nicht aus dem Blockuniversum. Sondern du bist an jedem Punkt in deiner Raumzeit und an jedem Punkt hast du nur Erinnerungen von dort nach vorher, und von dem, was dir von dort aus wie die Zukunft vorkommt, weißt du eben nichts. Aber die Raumzeit, die ist schon immer dem Einstein sein Ding gewesen, und in Sachen Tod hat er natürlich auch den Vogel abgeschossen.

»Der Tod ist eine optische Täuschung«, hat er gesagt, und du denkst natürlich, das kann nur richtig sein, weil es vom Einstein ist und weil du es nicht verstehst. Aber in der Nacht, wo sie den Lieferwagen mit der Rettungsschere aufgeschnitten haben, da habe ich gewusst, jetzt ist der Einstein fällig. Ich habe es genau gesehen, mit diesen Augen, wie sie die zwei Typen herausgeholt haben, alles probiert, was die Notärzte so draufhaben, aber nichts zu machen. Und ich habe auch gesehen, wie sie mit den Zinksärgen gekommen sind und ab damit. Wenn das eine optische Täuschung war, dann kannst du die ganze Wirklichkeit vergessen, meine Meinung.

Das sind übrigens zwei kräftige Brocken gewesen, so die Sorte bullige Sportler, wie sie oft im Irrenhaus arbeiten, weil die brauchen einem Tobsüchtigen nur ans Hirn schnipsen und schon gibt er Ruhe. Aber dass es die zwei Typen vom Filmproduzenten waren, das habe ich erst später vom Preußen erfahren.

------------------------------------------------

*Von: Frieder Wanzke wanfried@[redacted].de*

*An: [redacted]@[redacted].de*

*Datum: 8. 8. 2015 1:47*

*Betreff: Vortag*

*Herr Ministerialdirektor [redacted],*

*Offizielle Ermittlung (wg. nächtl. Vorgänge) weitgehend zielfern, neuerlicher Ortstermin aufschlussreich, Sonderrecherche initiiert, evtl. relevante Kontaktaufnahme. Moral ausreichend.*

*Mit freundlichem Gruß*
*i.A. Wanzke, Frieder, Regierungsrat*

------------------------------------------------

Ich habe ja nichts gegen die Polizei, wo kämen wir hin, aber weißt du, die müssen einen nicht ständig das Gleiche fragen. Wann der Lieferwagen gekommen ist, wann das Motorrad, ob ich mir sicher bin und ob ich es nicht noch genauer weiß. Das habe ich zuerst noch draußen im Wald so einem Dicken mit einer Uniform erzählt, Kegelmaier hat er gesagt, heißt er. Die Sanitäter haben mich dann zur Hütte gebracht und die waren recht ruhig, das muss ich sagen, weil wenn du dir anschauen musst, wie es einem an der zerbrochenen Seitenscheibe halb den Hals durchgeschnitten hat und der Wunderbaum Duftnote Grüner Apfel saugt sich mit dem Blut voll, dann hast du das auch als Rettungssanitäter nicht jeden Tag. Ob ich noch etwas brauche. Danke, nur mein Bett habe ich gesagt, aber das hätte ich mir denken können, dass ich das vergessen kann.

Weil ich bin kaum gelegen, da ist einer hereingekommen und hat mich quasi aus dem Bett geworfen, es tut ihm leid, aber er hat noch Fragen. Der war in Zivil, aber zwei Uniformheinzen dabei und du hast genau gemerkt, dass es ihm nicht leid tut. Der hat das natürlich gebraucht, dass er mich aus dem Bett schmeißt, weil ihn haben sie ja auch mitten in der Nacht aus dem Bett geholt, und da hat er für sich den Kosmos wieder ausbalancieren müssen. Der Kosmos ist aber immer noch auf meine Seite gehangen, weil, das habe ich dir noch gar nicht erzählt, es hat in der Zwischenzeit zu regnen angefangen, so ein richtiger Sommernachtguss. Draußen hat es gerauscht wie früher ein Fernseher nach Sendeschluss, und der Kripomensch war so nass, als ob er eine Wasserleiche heraufgetaucht hätte. Ich natürlich gespannt, was er mich fragt, und er will wissen, wann der Lieferwagen gekommen ist, wann das Motorrad, ob ich mir sicher bin und ob ich es nicht noch genauer weiß. Ich habe gesagt, das kann er alles den dicken Uniformheinzen fragen, aber nein, sagt er, er will es von mir hören.

Wie ich dann endlich ins Bett gefallen bin, ist draußen der Himmel schon grau geworden. Und du brauchst nicht glauben, dass ich lang geschlafen habe, weil wenn du so etwas erlebt hast, dann zieht es deine Nerven stramm wie Gitarrensaiten und wenn sich unten in der Hütte jemand laut unterhält, wie sollst du da noch eine Ruhe haben.

Wie ich über die Stiege hinunter bin, habe ich gehört, dass es der Preuße und der Kripomensch waren. Du meinst jetzt, der hat auch den Preußen ausgefragt und immer das Gleiche, aber weit gefehlt, die haben über irgendetwas Neues im Beamtenrecht gejammert und auf dem Gebiet hat der Preuße jeden Ministerialdirektor einschieben können, weil karriererelevant, verlass dich darauf. Ich habe mir gedacht, da gehe ich jetzt nicht gleich hinein. Der Kripomensch hat gesagt, es wird alles schlechter, die Dienstwägen taugen nichts mehr und auch noch die Lebensarbeitszeit hinaufgesetzt. Ja, hat der Preuße gesagt, das ist die größte Schweinerei, aber ich habe genau gewusst, dass er damit nur den Kripomenschen einwickeln will. Ganz genau, hat der gesagt, und jetzt hat der Regen in der Nacht auch noch die ganzen Spuren kaputtgemacht.

Draußen hat es immer noch geregnet, aber du hast schon gemerkt, die Sonne schafft es wieder einmal, und ich will jetzt das Beamtenrecht nicht in Schutz nehmen, aber dass es auch noch an den kaputten Spuren schuld sein soll, das hat es nicht verdient. Der Kripomensch hat gesagt, er fragt sich, wie er jetzt herausbekommen soll, wie weit die hinaufgefahren sind, weil die waren schon wieder auf dem Weg nach unten, wie es sie von der Straße herunter hat. Der Preuße hat gesagt, ihn würde interessieren, was die transportiert haben, so ein Lieferwagen wäre ja für einen Bären groß genug. Der Kripomensch hat gelacht, nein, sagt er, da war nur ein großer Korb mit dreckiger Wäsche drin, hat es bei dem Unfall natürlich völlig zerlegt, aber daneben hätte es nur noch ein kleiner Bär sein können. Aber warum jemand mit einem Auto von der Filmgesellschaft mitten in der Nacht Dreckwäsche im Wald spazieren fährt, das ist schwieriger als das ganze Beamtenrecht.

Ich habe mir gedacht, wenn ich jetzt hineingehe, dann fragt er mich garantiert noch einmal das Gleiche wie in der Nacht, aber ich habe gerochen, dass die zwei einen guten Kaffee gehabt haben und frische Semmeln auch, und die Überlegung, dass er mich früher oder später sowieso fragt, und dann lieber mit Kaffee und frischen Semmeln. Wie ich hineingekommen bin, sagt er gleich, gut dass Sie da sind, ich habe noch ein paar Fragen. Und natürlich hat er wieder gefragt, wann der Lieferwagen gekommen ist, wann das Motorrad, ob ich mir sicher bin und ob ich es nicht noch genauer weiß. Der Preuße hat mir hinterher erklärt, das macht er deswegen, weil wenn ich nicht alles genau gleich erzähle, gibt das vielleicht einen entscheidenden Hinweis und vielleicht habe ich etwas Wichtiges mitbekommen, aber unbewusst, und das will der Kripomensch aus mir herauskitzeln. Der nicht, habe ich gesagt und der Preuße hat auch gemeint, dass er wahrscheinlich zu dumm ist. Und das musst du dir merken, wenn ein anderer zu dumm ist, dann kannst du mit deiner Karriere auf die Überholspur gehen.

Bei uns hat es einmal einen gegeben, der war ein Ingenieur, der hat immer gesagt, er wäre viel lieber eine Maschine als ein Mensch und er möchte im nächsten Leben am liebsten als ein Roboter auf die Welt kommen. Natürlich als ein intelligenter Roboter, der selber anschafft und nicht angeschafft bekommt, und große Vorteile, weil dir tut nichts weh, Einzelteile auswechseln geht kurz und schmerzlos, kannst du meistens selber machen und du brauchst keine Narkose, wo du fürchten musst, dass dir dein ganzer Restorganismus abschmiert, wenn du dir bloß ein neues Gelenk einsetzt. Potenziell bist du unsterblich, außer natürlich, die Betriebswirte bekommen dich in die Finger. Aber wenn du ein gescheiter Roboter bist, dann kannst du die Betriebswirte zwischen zwei Stahlplatten pressen, dass unten der Saft herauskommt, Fall erledigt. Als Roboter brauchst du nicht unnötig sensibel im Umgang sein, Klimaerwärmung ist dir völlig wumpe, hat er gesagt, und deswegen glaubt er sowieso, dass die Evolution früher oder später von den Maschinen übernommen wird und wir klassischen Lebewesen können dann mit dem Ofenrohr ins Gebirge schauen.

Ich denke mir halt, im Moment ist es noch umgekehrt, da hast du keine guten Karten, wenn du als Maschine auf die Welt kommst, und es kann nicht jeder ein intelligenter Roboter werden. Wenn du richtig Pech hast, dann wirst du ein Fotokopierapparat, und glaube mir, das willst du nicht. Ständig schütten sie dir versehentlich Kaffee darüber, wenn du nicht schnell genug bist, schimpfen sie dich eine Scheißkiste und hauen an dir herum, und wenn du dann einen Papierstau hast, dann wühlen sie in deinen Eingeweiden, machen die Tonerpatrone kaputt, alles wird noch furchtbarer und schuld bist immer du. Ganz schlimm, wenn du ein moderner Fotokopierer bist, mit einer Festplatte drin. Dann musst du dir nämlich den ganzen Scheißdreck auch noch merken, den sie auf dir kopieren, tagein tagaus. Wenn es einmal richtig intelligente Fotokopierer gibt, denen ihre Depression ist vorprogrammiert, meine Meinung, aber ich bin überzeugt, dass es die jetzigen schon oft nicht mehr packen, weil das hält auch eine dumme Maschine im Kopf nicht aus. Oder kannst du mir erklären, warum die Fotokopierer ständig hin sind und keiner weiß genau warum.

Das ist mir alles durch den Kopf gegangen, wie ich dem Grunzer und dem Preußen geholfen habe, wir haben nämlich den geschenkten Fotokopierapparat vom Anhänger gehoben und in unseren Besprechungsraum hinaufgetragen. Du kannst dir schon denken, der Hubertus, der junge Döring, hat das John-Deere-Team beauftragt, sie sollen uns den Kopierer bringen. Der Grinser hat nicht mitgeholfen und ich sage dir, der hat verflucht krank ausgesehen, fix und fertig eigentlich, da habe ich erst gemerkt, dass es mir schon wieder viel besser gegangen ist. Weil wenn dein Immunsystem in München trainiert ist, dann wird es am Ende auch mit den härtesten Hüttenabortkeimen fertig. Der Grinser ist jedenfalls wie ein Elend auf dem Platz vor der Hütte herumgestanden, hat in den Hang hinaufgestarrt und er hat sein trauriges Lied gesummt, von der Kreszenzia und der Tante Klara und ich habe genau gewusst, dass ich es kenne, aber es fällt mir nicht ein.

Wenn du mich fragst, so ein Kopierer ist nicht gerade ein Parademöbel, aber du glaubst es nicht, der Preuße hat sich gefreut wie ein Schnitzel, wie das Ungetüm endlich mitten in der Bauernmalereistube gestanden ist. Aber es stimmt schon, da musst du kein Feng Shui sein, so ein grauer Quader bringt optisch einfach Ruhe, wenn rundherum alles so bunt ist, dass es dir in den Augen wässert. Der Preuße hat gefragt, ob er mein Handy haben kann, weil er muss jetzt dringend telefonieren und dann ist er gleich mit dem gelben Japaner hinunter bis zur Hauptstraße, wegen Empfang. Ich habe mir gedacht, wenn es wichtig ist, werde ich schon noch mitbekommen, wen er anruft.

Der Preuße noch nicht lang weg, kommt ein Geländewagen und bleibt vor der Hütte stehen, und du kannst dir leicht ausrechnen, es war kein besonders guter Geländewagen, weil der Professor hat ihn gefahren. Nämlich Dreisatz, Geländewagen vom Döring verhält sich zum Anzug vom Döring auf dem Empfang wie Geländewagen vom Professor zum Anzug vom Professor auf dem Empfang. Aber davon darfst du ausgehen, dem Professor war egal, was er für ein Auto hat. Weil für den wissenschaftlichen Fortschritt ist generell nur wichtig, dass man den Berg hinaufkommt und nicht wie. Ich bin zur Tür hinaus und habe mich vorgestellt, er sich auch, er hat schon von mir gehört, sagt er, und den Kollegen kennt er ja seit gestern. Er hat erzählt, dass er unbedingt seine Treibhäuser inspizieren muss, nicht dass die Automatik schlecht wäre, aber hundert Prozent gibt es eben nie und er war schon vierzehn Tage nicht mehr da. Da ist mir meine Leberkässemmel wieder eingefallen und ich habe mir gedacht, vielleicht lügt er, das waren sie ja gewohnt bei der Stasi, da lügst du vielleicht sogar und willst es gar nicht, aber du kommst aus der Nummer einfach nicht mehr heraus.

In der Zwischenzeit ist der Preuße wiedergekommen und wenn das überhaupt geht, war er noch besser gelaunt als vorher. Er hat gesagt, am Nachmittag kommt ein Spezialist. Ich habe mir überlegt, ob ich ihn fragen soll, was für ein Spezialist, aber da ist der Professor ums Eck und er hat den Preußen gleich begrüßt, er freut sich, dass er ihn wieder sieht. Der Preuße hat ihn auf einen Kaffee eingeladen und er hat gesagt gerne, aber ob wir ihm vielleicht vorher abladen helfen möchten.

Komische Dinger, die der im Auto gehabt hat, so etwas hast du noch nicht gesehen. Du kennst ja diese Laubbläser, die mit Benzinmotor, grauenhafte Lärminstrumente, die hängt man sich um mit so einem Riemen, und es sind fünf Stück gewesen. Aber die waren umgebaut, richtige Ofenrohre vorne dran und über dem Motor, den hast du am Rücken, ein großer Tank aus Blech und es war nicht der Benzintank. Ich muss ziemlich dumm geschaut haben, weil der Professor hat gesagt, wenn es mich interessiert, er erklärt es mir nachher schon, aber die Maschinen müssen zuerst in die Gerätekammer. Gut, kein Problem, die Teile waren leichter, als du gedacht hättest, aber gereicht hat es immer noch, und ich habe kalkuliert, wenn du drei Stunden mit so einem Eumel auf dem Rücken herumrennst, und was immer dann in dem Tank drin ist, es wird sein Gewicht haben, dann weißt du, was du gemacht hast. Beim Kaffee hat der Professor gesagt, ob wir mitkommen möchten, er will sich die Stelle anschauen und so schlimm die Sache ist, er hofft, dass nicht auch noch ausgerechnet von seinen Pflanzen welche draufgegangen sind.

Wir sind mit seinem Geländewagen hinaufgefahren, aber so auf halber Höhe zwischen der Hütte und dem B-Punkt haben wir aussteigen müssen, weil da war der Weg abgesperrt, mit so einem rotweißen Band von der Polizei. Mein lieber Herr Gesangsverein, das hat man erst am Tag gesehen, wie es den Lieferwagen in den Wald hinein hat, der ist garantiert dreißig Meter gekugelt, bis es ihm zu viele Bäume geworden sind. Ein Glücksfall, hat der Professor gesagt, und wir sollen nicht glauben, dass er zynisch ist, aber nur ein Stück weiter oben und es hätte ihm eine wirklich wichtige Pflanzengruppe zusammengehauen.

Was er denn an dem Indischen Springkraut so interessant findet, fragt der Preuße. Gegenfrage, sagt der Professor, was glauben wir, warum es sich so stark ausbreitet. Klar, sage ich, es profitiert vom Klimawandel. Stimmt, sagt der Professor, aber davon würden sehr viele Pflanzen profitieren und man fragt sich doch, warum ausgerechnet dieses Impatiens. Natürlich kann es seine Samen ein paar Meter in der Gegend herumschießen, aber da gibt es jede Menge Arten, die haben massenhaft Samen, die mit dem Wind kilometerweit fliegen, einfachstes Beispiel Taraxacum, der Löwenzahn, der deckt auf einmal ganze Gegenden zu, da ist das Springkraut richtig träge dagegen. Warum ausgerechnet diese Pflanze, sagt er, und du hast schon andeutungsweise gemerkt, wie er das gesagt hat, mit so einem leichten Sprotzen, er brennt für die Sache.

Ich habe mir gedacht, ich bin nicht umsonst der Klugi, und darum habe ich gesagt, der entscheidende Unterschied könnte sein, dass Impatiens ein Neophyt ist, gibt es bei uns erst ein paar hundert Jahre, und in der Zeit haben sich die Coleoptera und die Lepidoptera[xviii] und was es sonst noch gibt an Antagonisten, einfach noch nicht so anpassen können, dass sie das Impatiens wirklich aufhalten, Stichwort Koevolution. Du darfst jetzt nicht denken, dass ich immer so geschwollen daherrede, aber mit Botanikern geht es nicht anders, sonst wirst du nicht ernst genommen und es hat auch gewirkt. Der Professor hat genickt, das ist ein Argument, sagt er, aber er meint nicht, dass das als Erklärung ausreicht. Ob wir schon einmal etwas von BVOCs gehört haben.

Ich glaube ja nicht, dass du weißt, was BVOCs sind, weil so lange sind die Wissenschaftler noch gar nicht dahinter. Und bevor nicht einer den Nobelpreis dafür bekommt, kriegst du als Otto Normal davon überhaupt nichts mit, außer du bist persönlich betroffen. Hör zu, BVOCs ist die Abkürzung von *Biogenic Volatile Organic Compounds*. *Biogenic*, das verstehst du noch, das heißt, dass die BVOCs von etwas Lebendigem fabriziert werden. *Volatile* heißt flüchtig, aber nicht im Sinn von auf der Flucht und die Polizei hinterher, sondern es ist gemeint, dass das Zeug am liebsten gasförmig unterwegs ist. *Organic* heißt auf Kohlenstoffbasis, weißt du noch aus der Schule, und *Compounds* heißt Verbindungen, sprich Moleküle. Und der Clou, die Pflanzen schauen immer so harmlos aus, aber in Wirklichkeit hauen sie die ganze Zeit BVOCs in die Luft, dass es nur so raucht. Und wenn du im

Wald draußen bist und du sagst, wie gut es doch nach Harz duftet, alles BVOCs. Aber du darfst nicht glauben, die Bäume machen BVOCs aus Duftbaumprinzip, damit es dir im Wald besser gefällt. Da kannst du wetten, denen wäre es lieber, du bleibst daheim und trampelst ihnen nicht auf den Wurzeln herum. Es gibt auch BVOCs, die sind richtig ungesund, weil die machen mit beim Feinstaub und beim Ozon, alles furchtbar kompliziert. Der Klassiker sind natürlich die Sex-BVOCs, damit locken Pflanzen die Insekten an, die es ihnen besorgen sollen, du nennst es Blütenduft. Dann gibt es BVOCs, die wirken wie das Zeug, mit dem du dich gegen Mücken einschmierst, und als Pflanze ist es auch kein Nachteil, wenn du für die Viecher stinkst, die sonst hemmungslos an deinen Blättern herumfressen.

Tröste dich, ich habe es auch nicht gewusst, und der Preuße erst recht nicht, und der Professor hat gleich noch einen draufgesetzt. Pflanzen, sagt er, können über BVOCs sogar kommunizieren. Die teilen sich da Sachen mit, hochkomplex, ein Artikel aus der Bildzeitung muss sich schon anstrengen, dass er da mithalten kann[xix].

Sogar der Preuße hat zugeben müssen, dass das beeindruckend ist, und der Professor hat gesagt, es gibt noch viel mehr Möglichkeiten und seiner Meinung steckt der Erfolg vom Impatiens in seinen BVOCs, und damit beschäftigt er sich, auch wenn es den anderen Idioten noch so abwegig vorkommt. Ob wir noch ein Stück hinaufgehen wollen.

Warum nicht, sagt der Preuße, der Spezialist kommt erst am Nachmittag. Jetzt sind wir am Hang hochmarschiert, den Weg haben wir gar nicht gebraucht, und den Professor hat immer mehr die Begeisterung gepackt, weil jetzt hat er zwei gehabt, die ihm zuhören müssen. Die Gruppen von dem Springkraut, Patches hat er dazu gesagt, weil als Professor musst du dir auch das Englische heraushängen lassen, die Gruppen sind alle vom Genotyp her ein bisschen verschieden, da hat jede eigene BVOCs. Für uns, sagt er, riechen die alle gleich säuerlich, aber unten in den Treibhäusern, da kann er die interessanten BVOCs einfangen. Nämlich von denen bekommt unsere Nase gar nichts mit, weil der alberne Sauergeruch den olfaktorischen Cortex so aufmischt, sagt er, und chemisch sind sie um Welten verschieden. Darum braucht er auch die umgebauten Laubbläser, mit denen bläst er um die Patches herum ein Pflanzengift hin, da geht es gut in die Streu, man darf nur nicht Vollgas geben, sonst fliegt einem gleich der ganze Humus weg.

Warum er denn überhaupt ein Pflanzengift hintut, hat der Preuße wissen wollen. Zum Dank hat er den Professorenblick geschenkt bekommen, der ist auf der ganzen Welt gleich und bedeutet, muss ich denn wirklich alles erklären. Es geht darum, hat der Professor gesagt, dass die Pflanzen auf den Patches möglichst nur untereinander bestäubt werden und der Abstand dazwischen muss groß genug sein, dass eine Biene möglichst auf dem Patch bleibt, wo sie angefangen hat. Weil wenn die Bestäubung durcheinander geht, hat der Professor gesagt, dann gibt es bald von jedem Patch nur noch die Durchschnitts-BVOCs und das ist völlig uninteressant, vom wissenschaftlichen Standpunkt aus gesehen. Ich habe gesagt, dabei gehen doch auch die jungen Bäume drauf. Natürlich, sagt der Professor, dort schon, wo er das Herbizid ausbringt. Aber das macht er ja nur auf einem Streifen um jedes Patch herum, da bleibt noch genug Platz für die Phanerophyten, das Wort kannst du dir merken, wenn du nicht immer nur Baum sagen willst.

Der Preuße hat gesagt, es wundert ihn, dass der Professor gleich fünf solche Laubbläser hat, wo er doch ganz allein ist, seit der Herr Polanti gekündigt hat.

Da kannst du wieder sehen, der Preuße einerseits raffiniert wie Würfelzucker, auf der anderen Seite hat er nicht gewusst, dass Polanti kein Name ist, der Fredl hätte sich einen Ast gelacht. Der Professor hat es aber schon verstanden. Sie sind gut informiert, sagt er, ja, das macht seine Arbeit nicht leichter, aber er darf mit einer Aufstockung seiner Forschungsmittel rechnen, über den Döring-Etat hinaus, und dann wird er gleich ein paar Leute einstellen.

»Deutsche Forschungsgemeinschaft?«, fragt der Preuße. Der Professor hat ihn eine Zeit lang angeschaut und dann hat er lachen müssen, als ob es der Witz des Jahres gewesen ist. Nein, sagt er, das wohl nicht, aber er will nicht mehr darüber sagen, so lange die Sache noch nicht in trockenen Tüchern ist. Aber über die Deutsche Forschungsgemeinschaft hat er schimpfen können, dass du gemeint hast, die ist der reinste Antichrist. Wie wir endlich am B-Punkt oben waren, haben wir alles gewusst, nämlich dass die DFG besonders auf dem Gebiet der Botanik, aber sonst auch, nur die allerletzten Flaschen als Gutachter hat, man möchte fast meinen, die selektieren bewusst auf Unfähigkeit, und man kann über die DDR sagen, was man will, so etwas hat es dort nicht gegeben. Und das Unkrautmittel, das er verwendet, sagt er, das sind auch noch Restbestände aus der DDR, die hat er zum Glück noch über alte Beziehungen bekommen. In der DDR, sagt er, da haben die Waren noch richtige Namen gehabt, da hat das Unkrautpulver »Wegerein« geheißen und nicht so einen Krampf wie »Unkraut-Ex«. »Und das Bombastus Mundwasser«, hat er angefangen, aber dann ist er auf einmal still gewesen.

Ich habe dir ja schon erzählt, dass es oben am B-Punkt ein besonders großes Patch von dem Indischen Springkraut gegeben hat. Da hättest du der Länge nach einen ganzen Omnibus hineinstellen können und mehrere nebeneinander. Davon ist der Professor nicht sprachlos gewesen, das hat er ja gewusst, sondern da war eine Schneise hineingetrampelt. Aber keine gerade Schneise, denke dir besser eine besoffene Wildsau oder so etwas. Und hineingetrampelt ist auch nicht richtig, weil die meisten Stängel waren nach außen geknickt. Keine Begeisterung beim Professor. Das ist ja ganz frisch, hat er gesagt.

Ich weiß genau, dass der Preuße an den Bären gedacht hat, weil ich habe auch an den Bären gedacht. Was der Professor gedacht hat, weiß ich nicht. Auf jeden Fall große Nachdenklichkeit. »Ungewöhnlich«, hat er gesagt. Und er ist wie ein Schweißhund um das Patch herum, hätte mich nicht gewundert, wenn er auf alle Viere hinunter wäre, damit er seinen Rüssel noch näher am Boden hat. Aber im Ergebnis nicht mehr als noch einmal »ungewöhnlich«. Ich sage immer, wie sich ein Mensch verändern kann. Bergauf der Professor die reinste Plaudertasche, bergab nur noch hin und wieder ein »ungewöhnlich«, ungefähr alle dreihundert Meter. Unter Garantie, innerlich hat es in ihm gearbeitet, dass das Hirn heiß gelaufen ist, aber nach außen Fehlanzeige. Der Preuße hat sich immer wieder verstohlen umgeschaut, und da bin ich der Letzte, der dafür kein Verständnis hat, weil wenn es sein kann, dass vielleicht ein wilder Bär ganz in deiner Nähe ist, da möchte ich dich sehen.

So eine Wanderung mit sozialer Anspannung zieht sich ja immer hin und ich war froh, wie wir wieder beim Professor seinem Auto gewesen sind. Er hat uns dann noch bis vor die Hütte gefahren und sich entschuldigt, dass er so einsilbig ist, das beschäftigt ihn jetzt, dass da irgendein Tier in einem ganz wichtigen Patch herumtrampelt. Er ist auch gleich weitergefahren, aber du brauchst nicht glauben, dass wir jetzt allein gewesen sind. Vor der Hütte hat ein alter Golf geparkt, Rostlaube hoch drei, Münchner Nummer, und die Farbe stellst du dir am besten wie Nutella vor. Der Typ dazu hat es sich auf der Hausbank bequem gemacht, mit einer Selbstgedrehten, das war so ein junger Lulatsch mit Iron Maiden T-Shirt, himmellang und so dürr, dass du dich fragen musst, wo der seine inneren Organe aufhebt, weil in ihm drin können die unmöglich Platz haben.

Der Preuße hat gesagt, das ist der Spezialist, schön dass der schon da ist, den kennt er von früher vom Finanzministerium. Er ist gleich hin und hat sich entschuldigt, dass der Spezialist warten gemusst hat, aber wenn du heute ein Spezialist bist, dann kannst du großzügig sein und du sagst, es ist kein Problem und du bist ja eigentlich der, der unpünktlich ist, weil zu früh. Natürlich der Preuße vorausgestiefelt, darum bin ich einen Moment später dazugekommen und der Spezialist hat gerade gefragt, wo denn der Patient ist.

Danke, habe ich gesagt, aber mir geht es schon wieder besser.

Der Preuße hat die Augen verdreht und er hat mich böse angeschaut, quasi wehe, du verärgerst mir meinen Spezialisten. Der Spezialist hat bloß gelacht, Leute hat er noch nie behandelt, aber er kann es probieren. Nicht dass du glaubst, der Spezialist war mir unsympathisch, aber ich habe mir überlegt, dass ich mich am besten eine Zeit lang davonmache. Weil eines muss dir klar sein, irgendwann holt jeden sein Schlafdefizit ein, und bei mir war es jetzt so weit. Und ich habe genau gewusst, wenn ich jetzt auf der Hütte bleibe, lässt mich der Preuße nicht in Ruhe, ich muss ihm und dem Spezialisten hier helfen und dort helfen, und es dauert keine halbe Stunde, bis ich einen Anfall bekomme, dass der Hulk vor mir davonrennt. Ich habe gesagt, wenn es dem Preußen nichts ausmacht, wir haben fast kein Brot mehr und überhaupt könnte ich ein paar Lebensmittel einkaufen, dass wir nicht immer essen gehen müssen. Strategisch die zweitbeste Lösung, weil eigentlich wollte ich beim Schwartelmeier essen gehen, damit ich die Maxi wiedersehe, aber das kennst du auch, erst kommt der Schlaf, da bist du froh, wenn dir überhaupt eine Ausrede einfällt. Der Preuße hat anstandslos die Schlüssel vom gelben Japaner herausgerückt, vielleicht ist er ganz froh gewesen, dass ich nicht dabei bin, wenn eventuell seine Aktion mit dem Spezialisten schiefgeht.

Auf jeden Fall, ich bin Richtung Straße hinuntergefahren, aber natürlich nicht zum Einkaufen, ich bin ja nicht blöd. Ich bin ein Stück in einen Waldweg hinein, habe den Sitz ganz umgelegt und mir vorgestellt, es ist ein Bett. Danach habe ich eingekauft und mich geärgert, dass ich wegen meiner dummen Ausrede jetzt mit dem Preußen auf der Hütte zu Abend essen kann.

Aber wie ich zurückgekommen bin, hat dem Spezialisten seine Rostlaube immer noch vor der Hütte geparkt. Wenigstens das, habe ich mir gedacht, dann ist es nicht so langweilig wie mit dem Preußen allein.

Ich habe mir überlegt, wenn der Preuße mich anpfeift, warum ich so lang gebraucht habe, sage ich, ich habe erst die Angebote vergleichen müssen, reine Pflichterfüllung, aber das hat es dann gar nicht gebraucht. Weil der Preuße und der Spezialist sind immer noch oben im Besprechungsraum gewesen und scheinbar beschäftigt hoch drei. Auf keinen Fall stören, habe ich mir gedacht, und ich habe mich unten in die große Stube gesetzt und mir eine Halbe aufgemacht. Das musst du dir merken, dich mit einer Halben hinsetzen, das ist die ideale Ausgangsposition, wenn du einfach nur abwarten willst, was passiert, und du bist fest entschlossen, dass du Zuschauer bleibst.

Ich glaube, ich habe dir schon erklärt, dass sich das Blockuniversum nicht ausschmieren lässt. Bester Beweis, ich war mit meiner Halben erst bei zwei Dritteln, da ist schon wieder ein Auto vorgefahren. Wenn ich gewusst hätte, wer da kommt, wäre ich natürlich im Laufschritt zur Tür, aber wenn du es nicht weißt, dann hast du keinen Grund, dass du aus der Ausgangsposition herausgehst. Und wenn es klopft, bleibst du auch in Ausgangsposition und erst recht, wenn dann jemand vorsichtig die Hüttentür aufmacht. So früh am Abend kommen keine Banditen, habe ich mir überlegt, und wenn ein Spezialist im Haus ist, kann eh nichts passieren. Dann hat es ganz vorsichtig an die Stubentür geklopft und eine Stimme hat gesagt, so ein bisschen unsicher, »ist da jämand?«

Und da hast du wieder das Blockuniversum. Wenn es sich in den Kopf gesetzt hat, dass du mit der Maxi Abendessen hast, dann setzt es sich auch durch, und wenn du nicht zum Blockuniversum kommst, dann kommt es eben zu dir. Weil jetzt sind die Maxi und die Leni zur Tür herein, und du kannst dir nicht vorstellen, wie ich mich gefreut habe. Die haben auch noch einen Riesenfresskorb dabei gehabt und haben gesagt, ob sie sich für den Abend zu uns einladen dürfen, weil sie brauchen dringend »die Gesällschaft von normale Mänschen«.

Ich habe gesagt, ich tue, was in meiner Macht steht, und zur Not wird auch der Preuße als ein normaler Mensch durchgehen. »Wo ist Preußi?«, hat die Leni gefragt, und ich habe gesagt, der ist mit einem Spezialisten oben und wahrscheinlich braucht er noch eine Zeit.

Erst habe ich nicht verstanden, warum die zwei so lachen, aber du musst wissen, die Osteuropäer von Haus aus mit einer verdorbenen Phantasie unterwegs, und die Tschechinnen eher noch mehr. Und wenn du da erzählst, dass einer mit einem Spezialisten zugange ist, dann kennt die schlechte Phantasie gar keinen Bahnhof mehr.

Ich habe vorgeschlagen, dass wir einfach anfangen und den Preußi nicht stören, er wird schon kommen. Die Maxi hat gesagt, bei so etwas soll man auch nicht stören, und wenn ich den Kasten Bier aus dem Auto hole, dann kümmern sich die Leni und sie ums Tischdecken. Wie ich das Bier gesehen habe, ich sage nur *Staropramen Granát*, da habe ich gemerkt, die wissen, was gut ist. Und das kann ich dir uneingeschränkt empfehlen, so ein tschechisches Bier, eine tschechische Brotzeit und zwei nette Tschechinnen und eine gefällt dir ganz besonders gut und vielleicht bist du ihr auch nicht unsympathisch, da habe ich schon schlechtere Abende gehabt. Die Zwei haben erzählt, es ist nicht auszuhalten, der Produzent kommt von einem Wutanfall in den anderen, wie man einfach zwei Typen einstellen kann, die sich mitten in der Nacht im Wald ausnullen, mit einem Transporter, der noch dazu der Filmgesellschaft gehört. Und in Wirklichkeit hat er die Verträge selbst unterschrieben, hat die Leni gesagt, aber jetzt ist die Sekretärin schuld, weil sie hätte sich die Unterlagen genauer anschauen sollen, wo man gesehen hätte, dass die gar keinen gültigen Führerschein mehr gehabt haben, weil schon länger als ein halbes Jahr in Deutschland, und schuld sind jetzt irgendwie überhaupt alle.

Ich habe gefragt, ob die zwei Typen Landsleute von der Maxi und der Leni gewesen sind. Nein, hat die Maxi gesagt, Tschechen sind im Durchschnitt nicht so dumm. Es sind Studenten aus Amerika gewesen, auf

Europatour, haben sich mit Gelegenheitsjobs die Reise finanziert, »aber wenn waren wirklich Studäntän, könnän nichts Schwierigäs studiert habän.« Aber, das weißt du auch, beim Film braucht man nicht nur Leute für das Künstlerische und für die sensible Technik, da brauchst du auch die robusten Naturen, die dir die Ständer für die Szenenbeleuchtung im bauchnabeltiefen Morast montieren, da können sie vielleicht das Vietnamtrauma abarbeiten, steckt immer noch tief in den Amerikanern. »Schon schäne Männer ...«, hat die Leni gesagt. »Aber Mann ohne Hirn ist sich reine Dekoration, wenn ieberhaupt«, ist ihr die Maxi ins Wort gefallen. Da ist mir ein bisschen warm geworden, weil immerhin bin ich von Pseudonym der Klugi, und ich habe mir gedacht, vielleicht spielt sie darauf an. Wir haben Prost getrunken »auf die klugän Männer« und ich habe aufgepasst, dass ich mir immer genügend Butter auf die Brote schmiere, nicht dass mich das Staropramen vorzeitig schmeißt. »Abär schäne Kubanär«, sagt die Maxi träumerisch, »gepflägt und intelligänt, kannst du haben Gespräche mit Gang in die Tiefe, schade, dass war auf einmal wäg.«

Den Tiefschlag habe ich erst einmal verdauen müssen, aber da tröstet es einen doch sehr, wenn die Sorte Rivale von der Bildfläche verschwunden ist. Weißt du, die Frauen, auf so Schönlinge fallen sie immer noch gerne herein. Bei einem Bodybuilder wissen sie heute gleich, dass er so dumm ist wie ein Pfund Paniermehl, aber wenn einer ein Rasierwasser um siebzehn Euro fünfzig auflegt, dazu eleganter Anzug, schon bekommt er fünfzig Bonuspunkte für Intelligenz und er selber weiß gar nicht woher.

Die Leni hat gesagt, dass den Kubaner seit dem Abend auch keiner mehr gesehen hat und abgereist ist er nicht, weil sonst wären seine ganzen Klamotten nicht im Hotel geblieben. Woher sie das weiß, habe ich gefragt. Sie hat gesagt »deppertä Polizist will alles dreimal hären, aber redet auch gernä, wenn du fragst richtig.« Ich habe gesagt, ja der Hirsch ist bei mir auch gewesen, und die Zwei haben lachen müssen, weil dass man zu einem Volltrottel auch Hirsch sagen kann, das haben sie nicht gewusst. Die Maxi hat geprustet, »mit die Geweih, was braucht diesä Mann, hat Schwierigkeiten, dass kommt zur Tiere härein.« Auf jeden Fall, wir sind immer lustiger geworden, aber keine Spur vom Preußen.

Ich muss ja sagen, die Menschheit ist heute sehr ungerecht mit ihren Spezialisten. Weil alle neiden dem Spezialisten, dass er ein Spezialist ist, und wenn man selber überhaupt nichts kann, dann tröstet man sich gerne, dass der Spezialist ein Fachidiot sein muss, in seinem Fach, da baut er dir vielleicht den Kölner Dom aus Streichhölzern hin, aber außer seinem Fach ist er noch ein größerer Trottel als die anderen. Aber da muss ich sagen Irrglaube, großes Glück für mich, dass der Spezialist körperlich so eine Zigarettenmumie gewesen ist und schlimme Zähne, sonst hätten ihn die

Leni und die Maxi noch im Mondschein auf der Hausbank, weil einer Musik hast du als Frau nichts entgegenzusetzen.

Aber erst hat es ganz anders ausgesehen, weil auf einmal kommt der Spezialist herein und sagt, er möchte nur auf Wiedersehen sagen, das war jetzt eine schwere Geburt und er weiß nicht, ob der Preuße noch kommt. Die Maxi hat gelacht, ob er beim Preußi eine Entbindung gemacht hat, ist er vielleicht Spezialist für Geburten. Nein, hat er gesagt, aber er ist Spezialist für das, was man vorher tun muss und er ist gerne zu einer Demonstration bereit, wenn die Damen möchten. Das haben die Leni und die Maxi gar nicht lustig gefunden, weil wenn du als studierte Sängerin für eine Nutte gehalten wirst, nur weil du einen tschechischen Akzent hast und gut ausschaust, dann hast du schon schönere Komplimente gehört. Ich habe mir gedacht, wenn er jetzt frech wird, dann wird ihm der Klugi einmal kurz den Teufel im Gurkenglas zeigen und wenn das nicht hilft, dann wird er das Gurkenglas aufschrauben müssen. Aber wie die Temperatur in der Stube um zehn Grad gesunken ist, hat es der Spezialist gemerkt und er hat sich entschuldigt. Gleichzeitig hat er sich so richtig fieberhaft im Raum umgeschaut, und ich habe mir gedacht, was das jetzt werden soll.

Früher ist es ja so gewesen, da war jede Berghütte randvoll mit Musikinstrumenten zum freien Gebrauch, da wenn ein Orchester gekommen wäre, die hätten nichts mitnehmen müssen, alles da vom Kontrabass bis zum Triangel. Das ist natürlich schon lange her, da warst du noch nicht auf der Welt, aber meistens hängt in der großen Stube noch eine Bauernklampfe an der Wand, die sie beim Ausräumen vergessen haben. So ist es bei uns auch gewesen, und die Bauernklampfe das Zielobjekt vom Spezialisten. Er hat darauf gezeigt, ob er kurz darf.

»Tun Sie, was Sie nicht lassen kännen«, hat die Maxi gesagt, aber so eisig, dass die Fensterscheiben beinahe angelaufen sind.

Aber wenn einer ein Instrument in die Hand nimmt, dann siehst du sofort, was er für einer ist, und beim Spezialisten habe ich mir gedacht, mein lieber Herr Gesangsverein. Der hat die Gitarre genommen wie ein kleines Kind, das er trösten muss, weil sich niemand darum kümmert. Den Staub hat er vorsichtig weggeblasen, nicht gewischt, damit es nicht noch mehr Kratzer werden, und wie er sie gestimmt hat, hast du gesehen, der hat das absolute Gehör. Und dann hat er einen Flamenco gespielt, dass es mir einen Scheitel gezogen hat, du glaubst es nicht. Rasgueado, Alzapua, Tremolo, Falsetas, da hat es nur noch geraucht und mir ist es kalt und warm über den Rücken gelaufen und die Gitarre wird auch nicht verstanden haben, was mit ihr passiert. Wie er fertig war, haben wir nur noch applaudiert und die Leni hat es auf den Punkt gebracht.

»Haben wir Sie für eine bläde Sau gehalten, aber kann man sich teischen.«

Ich habe gefragt, wenn einer so Gitarre spielen kann, wie es dann kommt, dass er für Leute wie den Preußen den Spezialisten macht. Ja, sagt der Spezialist, er ist am Lampenfieber gescheitert, in so einer Runde macht es ihm nichts aus, aber auf der Bühne ist es furchtbar. Wenn ich gewusst hätte, wie ihn die Maxi und die Leni da gleich bemuttern, hätte ich nicht gefragt, das kannst du glauben. Die haben tausendundein Rezept gegen Lampenfieber gewusst, Beten, Wodka mit Baldrianextrakt, das Lampenfieber in einen Beutel Erbsen hineinmeditieren und dann eingraben und was weiß ich noch alles. Die hätten gar nicht mehr aufgehört, wenn ich nicht gesagt hätte, bitte, ob er nicht wieder einen spielen will. Er hat noch ein paar Flamencos aufgelegt wie der Pepe Romero persönlich, einer besser als der andere und dann hat die Maxi gesagt, jetzt müssen wir singen. Der Spezialist hat gesagt, was denn, und jede Wette, du kommst nicht darauf, was die Maxi singen wollte.

Weil, das weißt du vielleicht nicht, in den Ländern, wo sie früher den Kommunismus als Diktatur gehabt haben, da wäre die Propaganda ohne Musik ja völlig aufgeschmissen gewesen, und die Lieder haben schon einen Drive gehabt, da kannst du nichts sagen. Und obwohl, wie es die kommunistische Regierung bei den Tschechen zerrissen hat, da waren die Leni und die Maxi höchstens kleine Kinder, bei denen hat die Propaganda nicht mehr viel ausrichten können, aber die Leute änderst du nicht so schnell, die haben die Lieder auch noch hinterher gesungen. Und das kannst du glauben, wenn der letzte Kommunistenchef im Grab verschimmelt ist, sind die Lieder immer noch unterwegs und deswegen hat die Maxi die Internationale singen wollen.

Und ich kann dir sagen, die zwei studierten Sängerinnen und der Spezialist, wie die die Internationale gesungen haben, an einem Brotzeittisch auf einer Berghütte, da musst du schon charakterfest sein, dass du dir nicht vornimmst, morgen lasse ich mich bei der DKP aufschreiben. Ich habe auch mitgesungen, weil es so schön war, aber wenn ich ehrlich bin, mein Beitrag hat es eher heruntergezogen. Auf Tschechisch habe ich eh nur la-la singen können, und auf Deutsch auch sehr zurückhaltend, weil Genuß hoch drei, der süße Akzent:

»Välkär härt die Signalä,
auf zum lätzten Gefäächt!
Die Intärnationalä
Erkämpft das Mänschenräächt.«

Aber es ist noch besser geworden, weil wenn du schon beim Kommunismus bist, dann fällt dir gleich Kuba ein, und wenn du dann noch an Musik denkst, Buena Vista Social Club. Die Maxi und die Leni haben alles singen können und der Spezialist hat alles spielen können und mich hat es nur noch gebeutelt von so einer schönen Mischung aus Melancholie und Fernweh, besser als ein guter Whisky. Und es hat mich doppelt gebeutelt, weil die Maxi ist ja neben mir gesessen und die hat mit dem Knie so ganz leicht an meinen Oberschenkel gedrückt, so dass sie hinterher immer noch sagen kann, es war Zufall, aber Wahrscheinlichkeit kalkuliert, es war schon Absicht. Ich bin aber vorsichtig gewesen, weil ich habe überlegt, wenn ich jetzt meine Hand wo hintue, kann es vielleicht zu früh sein, wenn du das nicht beherrschst, dann brennt dir auf einmal die Wange und du fragst dich warum und wieso.

Auf jeden Fall sagt die Leni auf einmal, singen wir *Hasta Siempre, Comandante*. Ich habe mir gedacht, was ist denn das jetzt, aber das kennst du auch:

Aquí se queda la clara,
la entrañable transparencia,
de tu querida presencia,
Comandante Che Guevara.

Da hat es mich erst recht gebeutelt, weil das ist ein Propagandalied, das geht dir ungefiltert ins Gemüt und es war sogar dreistimmig, weil der Spezialist hat auch gesungen, da willst du jeden auf der Stelle abstechen, der etwas gegen den Che Guevara sagt. Und es hat mich gleich noch einmal gebeutelt, weil ich habe gemerkt, das ist genau das Lied vom Grinser, für *pre-*

*sencia* habe ich immer Kreszenzia verstanden und für *Comandante Che Guevara* Tante Klara, keine Ahnung, wo der das gelernt hat. Und kennst du das Gefühl, wie sich etwas in dir entspannt, wenn du auf einmal etwas verstehst. Ich habe die Augen zugemacht und mich nur noch auf die Musik konzentriert und natürlich auf das Knie von der Maxi, das hat alles so wunderschön gepasst, und auch wie die Leni auf einmal geschrien hat, hat es gepasst weil exakt die richtige Tonhöhe. Ich habe erst gedacht, es ist ein Solo, aber dann hat die Maxi auch geschrien.

Ich habe dir ja vorhin erklärt, am Beispiel vom Professor, wie sich Menschen verändern können, und ich muss sagen, der Professor ist gar nicht das beste Beispiel. Weil bei uns ist einer in der Stubentür gestanden, der reinste Zombie, da hast du sofort gesehen, der ist das Ergebnis von einer Veränderung zum Schlechten und die Veränderung muss gewaltig gewesen sein. Der Anzug ist ihm in Fetzen heruntergehangen, alles voller Dreck und Speck, so schaust du nach einem Monat aus, wenn du beschlossen hast, das Kugeln ist die beste Fortbewegungsart. Von Frisur keine Rede, eher ein Vogelnest wie bei dem versifften Zauberer, wenn du den Hobbit gesehen hast, nur ohne Vögel. Aber wirklich grässlich der Hautausschlag, Furunkel überall, so groß wie Walnüsse. Und ein Auge war so milchig angelaufen und nach oben verdreht, und mit dem anderen hat er einfach nur geradeaus gestarrt, wie wenn er damit ein Loch in die Wand gegenüber bohren will. Da musst du kein Psychiater sein, dass du sagst, dem hat es die Festplatte gelöscht. So ist der dagestanden, er und wir wie angefroren, aber zum Glück war auf einmal der Preuße da und hat den Bann gebrochen, in so einer Situation freust du dich über den größten Idioten.

Der Preuße hat gebrüllt, dass es ihm jetzt reicht mit dem Lärm, und er ist weit und breit der Einzige, der noch einen Funken Pflichtgefühl im Leib hat, und was wir dazu zu sagen haben, deswegen übrigens »Moral ausreichend«. Wir haben aber gar nichts gesagt und da hat er erst den Besuch bemerkt.

»Und was sind Sie für einer?«, hat er ihn angeschrien, und ich habe vergessen, dass ich dir erzähle, der Zombie hat etwas in der Hand gehabt, so ein Stück breites Lederband mit etwas Gelbem daran, das ist einfach so heruntergebaumelt, aber jetzt hat es ihm der Preuße aus der Hand gerissen, Wutanfall hoch drei. Aber der Mann hat überhaupt nicht reagiert, nullkommanull. Höchstens, er hat noch ein bisschen mehr gestunken, so eine Mischung aus Urin und etwas Säuerlichem, dass es mich gewürgt hat, wie ich hingegangen bin.

»Um Gottes Willän«, hat die Leni gesagt, beide Hände vor den Mund, »ist schäne Kubanär.«

----------------------------------------

Von: Frieder Wanzke wanfried@[redacted].de

An: [redacted]@[redacted].de

Datum: 8. 8. 2015 20:11

Betreff: Bekannt

Herr Ministerialdirektor [redacted],

Entscheidende Erkenntnisse, Aktion erforderlich, operationale Planung und technische Vorbereitungen abgeschlossen, ausführlicher Bericht unverzüglich nach Durchführung. Moral angemessen.

Mit freundlichem Gruß

i.A. Wanzke, Frieder, Regierungsrat

----------------------------------------

Heute stehen wir ja alle mit einem Fuß im Gefängnis, und ich sage das nur, damit du nicht einen Grundsatzfehler machst, weil vielleicht hast du auch die Sorte Korrespondenz, wo die Behörden lästig werden, wenn sie es mitbekommen. Und wenn du jetzt sagst, kein Problem, ich habe alles nur auf Papier, kein Buchstabe davon im Computer oder im Telefon, und der Ordner von außen die gesammelten Werke vom Schopenhauer, der steht gleich neben dem Reißwolf, dann wette ich mit dir, dass du den Fehler schon gemacht hast, eine Million Prozent. Weil der Judas im Büro, das ist nicht der Computer, das kannst du dir merken.

Apropos merken, wenn du das beherrschst, dann ist es etwas anderes, weil wenn sie vor deiner Tür stehen, dann sagst du, ihr könnt mir gerne das Hirn aufschneiden, aber ich warne euch, das ist Körperverletzung. Da hat es einen gegeben in Amerika, auf dem Gebiet Weltmeister hoch drei, kein Papier, keine Kopie, kein Beweis, alles im Kopf. Aber so ein amerikanischer Obergangsterchef, der ist von Haus aus ganz anders qualifiziert als du und ich. Ich sage dir gleich, wie der geheißen hat, das wird alles noch wichtig.

Aber vorher muss ich dir erzählen, warum vor der Hütte draußen so ein Höllenlärm gewesen ist, dass der Frühstückskaffee vom Preußen und mir in der Tasse gezittert hat. Und das ist wieder der Unterschied, der Preuße und ich gleich wenig geschlafen, aber ich fix und foxi und der Preuße hochmotiviert. Der reinste menschliche Terrier, so groß kann eine Wildsau gar nicht sein, dass er nicht mit Karacho darauf losgeht und wenn er eine Woche nicht geschlafen hat.

Und die Nacht kannst du dir vorstellen, wir haben natürlich wieder den Rettungsdienst holen müssen, für den Kubaner, und der Hirsch von der Kripo ist wieder gekommen und, natürlich, er hat alles dreimal hören wollen. Und seit halb neun ist draußen Ruhe ein Fremdwort gewesen, weil die haben auf der Wiese neben uns die Bühne aufgebaut für das Alpenpop-Konzert mit der Leni und der Maxi, du erinnerst dich. Wir haben ja schon Samstag gehabt und das Konzert war für den Sonntag ausgemacht, da ist es schon besser, wenn am Samstag alles da ist und die Technik funktioniert, weil sonst muss sich der Produzent noch mehr aufregen.

Draußen haben sie wieder einen Soundcheck gemacht, dass du gedacht hast, da tobt der Papst im Kettenhemd. Die haben stundenlang herumprobiert ohne Ende, mit einer Konservenmusik, das müssen Aufnahmen von der Maxi und der Leni gewesen sein, normal nicht mein Fall, der Alpenpop, aber du weißt ja.

Der Professor ist hereingekommen und er hat gesagt, in der DDR war so etwas verboten und das bräuchte es hier und jetzt auch, aber jede Wette, den hat nur die Lautstärke gestört, nicht die Musik für sich genommen. Weil ich kenne die Akademiker, offiziell nur Freejazz und Schönberg hören, aber heimlich Wildecker Herzbuben. Es ist verrückt, sagt er, er war jetzt ganz oben, wo wir gestern auch waren, und man versteht jedes Wort, fast so blödsinnig laut wie unten, die Berge haben ihre eigene Akustik. Ich habe mir gedacht, von mir aus, aber den Preußen hat es dabei gerissen und er hat es kaum verstecken können. Und es hat ihn gleich noch einmal gerissen und er hat mich angezwinkert wie ein Uhu, wie der Professor gesagt hat, bevor das Konzert nicht vorbei ist, wird er sich hier nicht mehr blicken lassen, wir sehen uns.

Wenn du dich jetzt wunderst, dass die das Konzert nicht abgesagt haben, dann weißt du etwas Wichtiges nicht, nämlich der Mensch im Verdrängen Weltmeister hoch drei. Und das stimmt schon, das Hirn dreht immer alles zum Normalen hin, damit du nicht wahnsinnig wirst. Gutes Beispiel, du schaust auf dem Fernseher eine Doku, dass das Klima immer wärmer wird, und da erklären sie dir, wir alle sind schuld und du auch, und es braucht nicht viel und das Ökosystem läuft Amok und Konsequenzen Krankheiten, Kriege, der reinste Horror. Erst bist du fix und fertig und du denkst dir, ich muss unbedingt etwas tun. Aber es dauert keine fünf Minuten, und dann verstehst du, wenn du etwas ausrichten willst, dann musst du praktisch alles aufgeben, was dir Spaß macht und was bequem ist auch. Nächster Gedanke, wer weiß, ob das alles so wahr ist, mit dem Klima, und dann habe ich ganz umsonst alles aufgegeben und wenn es wirklich so ernst wäre, dann würde ja jemand etwas unternehmen, also wahrscheinlich eh alles normal und ich kann einfach weitermachen, gottseidank.

Und deswegen haben sie das Konzert nicht abgeblasen, obwohl du normal sagst, zwei amerikanische Typen hopps, drei Tage davor, zwei Tage davor einem Kubaner die Schüssel gesprungen, alles praktisch direct on location. Aber Eilsitzung im Gemeinderat und einhellige Meinung, die zwei Typen waren nicht vom

Ort, und wenn die zu dumm zum Fahren sind, ist es nicht in Ordnung, wenn die Leute keine Gaudi haben dürfen und der Schwartelmeier keine Einnahmen, wenn er ihnen beim Konzert keine Brotzeit und keine Getränke verkaufen kann. Bei einer schlechten Wettervorhersage hätten sie natürlich aus Pietätsgründen abgesagt, aber so soll der Pfarrer den Sonntagsgottesdienst einfach draußen auf der Wiese machen, Dankpredigt, dass die Filmaufnahmen gut gelaufen sind und dass kaum etwas passiert ist, und danach gleich Konzert mit Ramba Zamba, weil Alpenpop läuft eh am besten als Matinée. Von der Maxi und der Leni habe ich gewusst, es kotzt sie an, aber die Produktionsfirma braucht das Geld und sie haben einen Vertrag, und als Profi musst du darüber stehen, egal ob es dich ankotzt oder nicht.

Der Preuße hat aber gesagt, dass das ganz hervorragend passt mit dem Konzert und der Lärm kann ihm gar nicht groß genug sein und er sagt mir auch warum, aber vorher soll ich einmal den Namen Lansky googeln. Jetzt, vom Rupert Lansky hat mein Smartphone gar nichts gewusst, aber von ein paar anderen Lanskys schon und einer davon war Amerikaner, und vielleicht hast du schon einmal von einem gewissen Meyer Lansky[xx] gehört, der ist das Gangstergenie, von dem ich es vorher schon gehabt habe. Heute stellt sich ja jeder unter einem Genie so etwas vor wie den Einstein, Experte für alles, von Haus aus schon großer Dienst an der Menschheit und gleichzeitig noch aktiv für den Weltfrieden und gegen die Atombombe. Aber das muss dir klar sein, wir sind ein freies Land, und da steht auch einem Genie die Freiheit zu, dass es sich für den Eigennutz entscheidet, da frage ruhig einen Juristen, ob Genialität bei uns sozialpflichtig ist. Was den Meyer Lansky betrifft, das gebe ich dir schriftlich, dass der ein Genie gewesen ist, aber du kannst ihn als ein Beispiel für ein Genie nehmen, das es mit dem Eigennutz übertrieben hat. Ich meine, wenn der Lucky Luciano bei dir ein- und ausgeht, wenn die Zeitungen dich den Boss aller Bosse nennen oder den Bankier des organisierten Verbrechens und sie können dir trotzdem bis an dein Lebensende nichts beweisen, dann bist du als Genie schon ein wenig auf die schiefe Bahn geraten, da helfen die Bachblüten auch nichts mehr.

Der Preuße hat gesagt, ich soll ein Stück weiter unten lesen, weil da hat es geheißen, dass der Meyer Lansky in den Fünfzigern mordsmäßig auf Kuba investiert hat, sprich Hotel Riviera in Havanna und alles, gutes Geschäft mit der Batista-Regierung, kannst du selber nachschauen. Aber neunzehnhundertneunundfünfzig hat es den Batista zerrissen, weißt du alles, und du kannst dir denken, dass einer wie der Castro Kapitalistengangster und Konsorten ganz oben auf seine Enteignungs- und Rausschmeißliste geschrieben hat. Jedenfalls muss der Meyer Lansky noch lange gejammert haben, wieviel Geld er auf Kuba in den Sand gesetzt hat.

»Kuba«, sagt der Preuße und stupst mich an. »Kuba und Rupert Lansky, fällt dir etwas auf?« Ich habe gesagt, dass ich nicht blöd bin, und ob der Rupert ein Sohn vom Meyer Lansky ist. Neffe oder so etwas, sagt der Preuße, jedenfalls will er wieder in die Geschäfte vom Alten hinein, kaum dass Kuba ein wenig offener ist. Ich habe gefragt, woher er das weiß, und der Preuße hat gesagt, ich soll mitkommen.

Der Meyer Lansky in seiner Eigenschaft als Genie, von dem heißt es, dass er überhaupt nichts schriftlich gemacht hat, der hat alle Geschäfte auswendig überblickt. Das ist natürlich ideal, rein ermittlungstechnisch, wenn du es bist, gegen den ermittelt wird, habe ich dir vorhin schon erklärt. Aber von einem normalen Banditen kannst du nicht erwarten, dass er sich alles merkt und darum macht er von jedem Schreiben, das er wegschickt, eine Kopie, aber den Ordner, wo er den ganzen Schmu abheftet, den tarnt er als ein fades Schlaubuch und er stellt ihn gleich neben den Schredder. Und weil die Geschäfte laufen, hat er einen guten Fotokopierapparat, und in einem guten Fotokopierapparat ist heute eine Festplatte eingebaut, jetzt verstehst du allmählich das Problem.

Oben im Besprechungsraum war dem Preußen sein Notebook auf dem Tisch und daneben ein kleines Teil voller Elektronik, grün, schwarz und silbern. Der Preuße hat gesagt, das ist die Festplatte von dem Fotokopierer, den der Hubertus, der junge Döring, ihm geschenkt hat, und der Spezialist hat alles auf das Notebook hinübergespielt, auch noch das letzte Stück Klopapier, das jemals einer auf der Maschine kopiert hat. Der Fotokopierer war immer noch da, aber eine Seitenabdeckung abmontiert und ein paar Kabel sind herausgestanden, außen herum die Bauernmöbel, Feng-Shui-mäßig eine Dissonanz, dass du davonlaufen möchtest.

Ich weiß nicht, wie es dir mit den antiken Mythen geht, vielleicht sagst du, alles von vorgestern, aber wenn du mich fragst, das sind schon Themen, die gehen dir hinein. Da ist es ja oft so, dass es einer ganz besonders gut meint, und genau deswegen wird es ganz besonders schlimm und es wird genau sein bester Freund abgestochen oder seine Liebste macht Harakiri und anschließend springt sie die Steilwand hinter dem Haus hinunter, wenn sie noch kann. Und da können dir die Banker so unsympathisch sein, wie sie wollen, trotzdem tragisch, dass der junge Döring ausgerechnet mit dem geschenkten Fotokopierer seinen eigenen Vater ans Messer geliefert hat, da denkst du dir die Banker als zwei altgriechische Eumel und der Fotokopierer ist von mir aus die Lieblingsriesenmuschel vom Poseidon und schon hast du den höchsten Mythos beieinander.

Weil ein Döring ist halt kein Meyer Lansky und er kopiert die Schreiben, die er wegschickt, für seine Unterlagen. Und der Preuße hat mir einen Brief gezeigt, an den Rupert Lansky, Briefkopf vom alten Döring, unterschrieben und alles. Nicht dass du glaubst, auf Englisch, ab einer bestimmten Kategorie kannst du einem amerikanischen Gangster problemlos auf Deutsch schreiben, der hat seine Möglichkeiten, zum Beispiel kann er einen studierten Germanisten erpressen, dass er es ihm übersetzt. Der junge Döring, der hat das ja schon in der Schule gelernt, aber Englisch beim alten Bauernbanker natürlich Fehlanzeige.

Jetzt schau her, der Döring hat also dem Lansky geschrieben, dass er noch kein Saatgut liefern kann, von wegen der Professor ist mit der Technik ein wenig hinten nach, aber er kann sich gerne vor Ort überzeugen, dass es ganz hervorragend hinhaut. Man könnte auch den Dr. Zopenco einladen, du weißt schon, den schönen Kubaner, dass er aus Berlin herkommt, von wegen Projektbesprechung Havanna und wenn der Z. vielleicht auf einmal vermisst wird, ist es kein Schaden für das Projekt und gleichzeitig gute Demonstration. Als Termin hat er genau die Woche vorgeschlagen, die wir jetzt gehabt haben.

Es waren etliche so Briefe, kann ich dir alles ersparen, aber einmal hat der Döring dem Lansky auf irgendetwas geantwortet, dass es natürlich am besten ist, wenn er für den Z. seine eigenen Vertrauensleute mitbringt, die kann man leicht in das Filmteam einschleusen, weil so eines wird günstigerweise am Ort unterwegs sein.

Der Preuße hat gesagt, es ist schon schade, dass es jetzt den alten Döring erwischt, wo der ihm sogar ein gutes Wort beim Minister versprochen hat. Und ehrlich, mir wäre es auch viel lieber gewesen, wenn es der junge Döring gewesen wäre, weil die ganzen Corporate-Quatscher sind im Gefängnis am besten aufgehoben, meine Meinung. Aber da hast du keinen Unterschied zwischen dem Blockuniversum und einer Tragödie von den alten Griechen. Wenn es den Vater erwischen soll und nicht den Sohn, dann erwischt es den Vater, da kannst du machen, was du willst, und du musst froh sein, wenn es am Ende nicht alle zwei sind.

Dann waren noch etliche Schriftwechsel mit dem Professor dabei, da ist es ums Geld gegangen, und da hast du gemerkt, alte Wahrheit, wenn dich die Banker und die Gangster finanzieren, musst du dir als Wissenschaftler keine Sorgen machen. Sogar eine Abrechnung über einhundertzwanzig Dreißigliteremeimer Wegerein-S war dabei, die sind jetzt natürlich bei uns in der Gerätekammer gestanden. Zahlbar, hat es geheißen, an so eine Behörde, die den Nachlass von der DDR-Stasi verwaltet und der Professor hat uns ja erzählt, dass er das Zeug über seine alten Beziehungen bekommen hat. Da siehst du einmal, dass es auch bei der Stasi ganz normale Jobs gegeben hat, zum Beispiel einen Hausmeister, der aufgepasst hat, dass das Unkraut nicht den ganzen Weg zuwuchert, und garantiert hat er auch die Agenten angeraunzt, wenn sie einen Gefangenen mit schmutzigen Schuhen über die Kellertreppe geschleift haben. Und ich meine, warum soll man das alte Wegerein nicht aufbrauchen, und warum nicht der Professor, wenn er es günstig bekommen kann.

Der Preuße hat gesagt, gegen das hier ist dem Professor seine Stasi-Vergangenheit der reinste Pipifax, und in einem Schreiben vom Döring an den Lansky war so ein Hinweis, dass der Professor durch einen eigentlich tragischen Zufall darauf gekommen ist, dass sich da eine Lokalvariante vom Indischen Springkraut entwickelt hat, die karnivor geworden ist. Karnivor heißt natürlich fleischfressend und der tragische Zufall, das kann nur dem Professor sein Polanti gewesen sein, du erinnerst dich. Es war auch noch von halluzinogenen BVOCs die Rede, auf Deutsch, das Grünzeug lässt ein Gas auf dich los, wenn du das einschnaufst kannst du bald nicht mehr auseinanderhalten, was links und rechts und oben und unten ist, und es legt dich hin, weil in so einem Fall gewinnt immer die Schwerkraft. Und dann tropft an den ganzen Stängeln so ein Teufelszeug herunter und so schnell kannst du nicht schauen, bist du aufgelöst und ratzfatz haben dich die Wurzeln eingesaugt und wenn du Glück hast, kommen ein paar von deinen Molekülen wenigstens in eine hübsche Blüte. Aber raffiniert, du musst immer daran denken, auch eine Pflanze arbeitet nicht gern umsonst, deswegen gibt es die Spezial-BVOCs nur auf Berührung, sprich, wenn zum Beispiel ein Hirsch die Abkürzung durchs Springkraut nehmen will, und er streift die Blätter. Nämlich in so einem Fall rentieren sich die BVOCs. Das war alles ausführlich erklärt in dem Brief. Und ich sage, von so etwas kannst du auch profitieren, wenn du hinterkünftig veranlagt bist, weil wenn du da jemanden hineinschubst, dann kommt er vielleicht gerade noch herausgekrochen, aber beim zweiten Schubser bleibt er garantiert drin.

Uns normalen Menschen wird ja speiübel, wenn wir an so etwas denken, aber so ein Professor ist da anders geschaltet. Der will herausbekommen, wie das genau funktioniert, das einzige Problem, dass Forschung Geld kostet. Aber wenn du der Schattenwirtschaft eine Lösung für bestimmte Entsorgungsprobleme anbieten kannst, dann zahlen die mehr als die DFG, vorausgesetzt die Lösung ist überzeugend, kannst du dir vorstellen. Für einen Lansky rentiert sich das immer, und ideal, bei dem daheim ist das Klima auch nicht viel anders als bei uns. Der hat bestimmt einen schönen Garten und dort kann er die Samen aus Germany anbauen, und seine Frau sagt how lovely, weil die Blumen sind dekorativ und ein dummes Huhn ist sie wahrscheinlich auch. Und wenn er jemanden loswerden will, vielleicht ist es sogar einmal das dumme Huhn, dann lädt er ihn an einem warmen Sommerabend ein, vielleicht ein, zwei Whisky, dann ein Gartenspaziergang und schon ist wieder für eine Woche gedüngt. Der Döring als Mittelsmann darf natürlich auch daran verdienen und wenn die gemeinsamen Projekte von ihm und dem Lansky, sprich

Kuba, besser laufen, weil die Bedenkenträger weniger werden, dann hat es sich gleich noch einmal rentiert. Und was man so hört, hat das Hotel Riviera in Havanna auch einen Garten.

»Ok, Preußi«, habe ich gesagt. »Was ist der Plan?«

Ich bin ja wirklich ein ausgeglichener Mensch, aber in Kleinigkeiten kann ich nachtragend sein. Und von mir aus, vielleicht ist es das größere Übel, dass das Kraut dem Professor seinen Polanti schnabuliert hat und das ganze Wild, das der Döring nicht geschossen hat. Weil ich glaube ja, in einer Staatsjagd, wo eine Olbers Kathi alles selber schießt, da wäre die Evolution glatt verhungert, wenn sie es mit einem fleischfressenden Springkraut probiert hätte. Da gehst du als Evolution lieber zu einem Privaten, wo das Springkraut manchmal einen Schnaps brauchen könnte, weil schon wieder ein Feisthirsch hineingerannt ist.

Jetzt habe ich zum Wild keinen besonderen Draht, rein emotional, und den Polanti habe ich nicht gekannt, aber dass das Zeug meine Leberkässemmel gefressen hat, das habe ich persönlich genommen, weil Nahrungskonkurrenz, da kann der Mensch schon rein biologisch nicht heraus. Steht schon beim Darwin, glaube ich. Darum bin ich gleich dafür gewesen, wie der Preuße gesagt hat, dass wir morgen als Erstes das Springkraut aus der Welt schaffen, eigenhändig. Weil das weißt du ja schon, aber er hat es noch einmal gesagt, er liefert nur noch Komplettlösungen und ein zweites Mal lässt er sich die Butter nicht mehr vom Brot nehmen wie damals beim Steuerhinterzieher. Im Treibhaus, hat er gesagt, lässt er etwas übrig für die Wissenschaft, aber draußen tabula rasa. Und dann schriftlicher Bericht über den Döring, den Professor und den Lansky an den Ministerialdirektor, Kopie an den Minister persönlich, dann werden wir schon sehen, wer diesmal befördert wird und die Urkunde bekommt. Wenn ich da schon gewusst hätte, wie es dann gekommen ist, dann hätte ich ihm die Aktion ausgeredet, eine Million Prozent. Aber ich war angefressen wegen meiner Leberkässemmel und Konsequenz, den Bericht habe dann ich dem Ministerialdirektor auf den Tisch legen müssen. Nicht dass sie mir eine Urkunde gegeben hätten, geschweige denn Beförderung, aber egal. Jedenfalls, wenn du aufgepasst hast, merkst du schon, in puncto Bericht gibt es noch eine Lücke, nämlich den Bären.

Und das verstehst du nur, wenn du weißt, dass sie auf Kuba ein besonders zäher Menschenschlag sind, weil was die alles überlebt haben, Spanier, Amerikaner, Battista, Castro, das hältst du im Kopf nicht aus. Was glaubst du, wie der schöne Kubaner, der Zopenco, wieder aus dem Springkraut herausgekommen ist, das ist rein der kubanische Überlebenswille. Weil der übertrifft bei weitem den russischen, den amerikanischen und den deutschen sowieso. Nicht dass es dem schönen Kubaner viel gebracht hätte, dem haben die BVOCs das Hirn in eine andere Welt hinein verkabelt und den Hautausschlag wird er auch nicht mehr wegbekommen, aber Hochachtung, er hat es wieder aus dem Springkraut heraus geschafft, deswegen die Schneise, das weißt du ja noch. Und wenn du einigermaßen intelligent bist, verstehst du jetzt auch, was an dem Abend passiert ist, wo ihm der Fredl auf dem Empfang gesagt hat, jemand will ihn sprechen. Wahrscheinlich ist er zur Tür hinaus und da haben die zwei falschen Filmteamstudenten vom Lansky schon gewartet, zack, eine auf den Zwölfer, dass er die Federn spreizt, hinein mit ihm in den Wäschekorb, ab ins Auto, hinauf auf den Berg, ihn ins Springkraut geschmissen und nichts wie weg. Wie es die zwei Rowdys dann beim Hinunterfahren zerrissen hat, habe ich auch erst später gewusst, da wirst du dich noch wundern.

Wenn du dich jetzt in den Kubaner hineinversetzt, du wachst auf, es ist stockfinster, deine Haut brennt wie Hölle, dein linkes Auge denaturiert wie ein Osterei, die BVOCs machen aus deinem Hirn einen Schweizerkäse und du spürst, dass die Buddhisten recht haben mit dem ganzen Nirwana und Auflösung. Aber dein kubanischer Überlebenswille sagt, es ist noch zu früh, dem *Comandante* kannst du später einmal ins Auge sehen, *hasta la victoria siempre*, lass dich nicht so gehen, Soldat. Du willst aufstehen und die BVOCs wollen dich hineindrücken, unerhört, schreien sie, aber du packst es, da liegt etwas wie ein Riemen, du klammerst dich daran, schlägst damit um dich, Stängel brechen ab, du knickst ein, aber irgendwie geht es weiter, vorwärts, und auf einmal ist die Luft wieder besser, du bist draußen, fällst der Länge nach hin, und dein kubanischer Überlebenswille sagt, wenn du wieder kannst, gehst du einfach bergab, da werden schon Leute sein. So in etwa musst du dir das vorstellen, und das entscheidende Detail ist der Riemen, den hat er immer noch in der Hand gehabt, wie er auf einmal bei uns in der Stube gestanden ist, so ein Stück breites Lederband mit etwas Gelbem daran. Das weißt du noch, da ist der Preuße ein wenig unsensibel gewesen, wie er ihm das Ding aus der Hand gefetzt hat, da sind dem Kubaner vielleicht noch die zwei letzten brauchbaren Neuronen geplatzt.

Und genau dieses Ding hat der Preuße jetzt auf den Tisch gelegt. Ich soll lesen, was darauf steht. Ich habe gesagt Made in Japan, weil das ist wirklich auf dem gelben Teil gestanden, nicht gedruckt, sondern schon von der Gussform her. Das war ein Stück von einem Plastikgehäuse, so groß ungefähr wie eine Zigarettenschachtel, es hat komisch ausgesehen, wie wenn es angeschmolzen wäre. Und es war an einem Stück Lederriemen festgemacht, das war an den Rändern genauso seltsam unregelmäßig und trotzdem glatt, obwohl man ja genau weiß, dass Leder nicht schmilzt.

Nein, sagt der Preuße, da steht noch etwas darauf. Und da muss ich ihm eine Eins mit Stern geben für Genauigkeit, weil da war wirklich noch eine ganz kleine Schrift, hast du kaum gesehen, ein Teil war weggeschmolzen, etwas Technisches auf Italienisch und eine Adresse, irgendwie *istituto zoologico* und *orso.*

»So viel zum Bären«, hat der Preuße gesagt.

Bei uns hat es einmal einen gegeben und der hat gesagt, wenn der Mensch aufs Ganze geht, dann schenkt er sich nichts, und das hast du jetzt beim Preußen wieder sehen können. Der Preuße hat mich gefragt, wie spät es ist, und es ist fast Mittag gewesen. Jetzt hat es ihm Falten in die Stirn gezogen wie einem Schweißhund und ich habe genau gesehen, es kommt etwas, und es kostet ihn Überwindung. Bei dem Lärm, sagt er auf einmal, können wir genauso gut hinunter zum Schwartelmeier essen gehen und vielleicht treffen wir dort die Damen.

»Preußi«, habe ich gesagt, »wenn du mir eine spontane Idee vormachen willst, dann musst du früher aufstehen.«

Nein, sagt er, ist es auch nicht, aber es ist wichtig, und er war dabei so kleinlaut, dass er mir fast wieder leidgetan hat.

Wir also in den gelben Japaner und hinunter zum Schwartelmeier. Im Wirtsgarten guter Betrieb und tatsächlich die Maxi und die Leni allein an einem Zweiertisch, scheinbar ist im Vertrag gestanden, dass sie in der Mittagspause in Ruhe gelassen werden müssen, gibt es heute alles in den Künstlerverträgen. Sie haben uns noch nicht gesehen, vielleicht weil sie gerade bestellt haben. Fesche Sonnenbrillen, elegante

Shirts, das hättest du nie erraten, dass die von Beruf Alpenpop singen. Der Preuße hat gesagt, ich soll fragen, ob wir uns dazu setzen dürfen.

Eigentlich kein Problem, aber ich habe ihn ein wenig quälen wollen und ich habe gesagt, dass wir in einer dienstlichen Angelegenheit da sind und im Dienst hat er den Text und überhaupt weiß ich gar nicht, was er will.

Ich also lässig hinterher, er voraus, einen Kopf wie die rote Laterne von Sankt Pauli. Die erste Frage haben ihm die Maxi und die Leni geschenkt, weil wie sie uns gesehen haben, haben sie gleich gewinkt, dass wir herkommen sollen, freudige Begrüßung, Wangenküsschen, ganz künstlerinnenmäßig, und ich hätte mich am liebsten in der Maxi ihrem Haar vergraben, weil es hat geduftet wie eine Sommerwiese. Der Preuße, knallrot, hat jetzt auch noch geschwitzt, seine Augen hin und her, ob uns ja niemand hört.

»Meine Damen«, sagt er, »können Sie ein Geheimnis bewahren?«

Du kannst richtig froh sein, dass ich heute mit dir rede, weil den Preußen als Erzähler, den könntest du auf der Stelle pressen und zu Schlaftabletten zersägen. Viel zu umständlich, kopfgesteuert und Verschwörerstimme, aber die Maxi und die Leni haben dann schon verstanden, dass es kein Doppelheiratsantrag werden soll. Und wie er den Rest vom Bärensenderhalsband auf den Tisch gelegt hat, das haben sie noch gekannt vom schönen Kubaner, und wie er erklärt hat, dass wir von der Regierung sind und diskret eine große Gefahr beseitigen müssen, da haben sie schon Augen gemacht. Die Leni hat gesagt, sie hat gehört, dass »diese Blumän gut für die Bienen sind, und hat Einstein schon gesagt, wenn sind Bienän weg, exträm schlecht fier die Menschen«, aber der Preuße hat gesagt, für die Bienen bleiben noch genügend andere Blumen und das ist eine Mutation, die muss weg, weil noch schlechter für die Menschen. Und dann hat er ihnen den Plan erklärt und was er von ihnen will.

Die Maxi und die Leni haben sich angeschaut. »Ihr seids wahrscheinlich ganz großä *jeleni*«, hat die Maxi gesagt, »aber ihr seids Freinde. Und mir helfen Eich.«

Der Preuße ist ganz steif aufgestanden, mir ist er vorgekommen wie ein Offizier in so einem alten Film, wo der Ehrenkodex und alles unten aus der Leinwand tropft, oder wie der Heinz Rühmann, wenn er gerade wieder eine schwere Entscheidung getroffen hat. »Vielen Dank«, sagt er, »nichts anderes habe ich von Ihnen erwartet.«

Ich weiß ja nicht, ob du gewusst hast, dass *jelen* das tschechische Wort für Hirsch ist und *jeleni* konsequent der Plural. Aber es stimmt schon, der Preuße Hirsch hoch drei, weil wie die Maxi und die Leni zugesagt haben, da wollte er gleich wieder auf die Hütte von wegen Vorbereitungen, keinen Sinn für Damengesellschaft auskosten.

Und der allergrößte Hirsch bin ich, weil ich nichts verhindert habe. Von daher ist mir die Annahme Blockuniversum sympathisch, weil was willst du dort verhindern, ob du jetzt ein Hirsch bist oder nicht, da können sie mich hinterher auch nicht dafür aufbocken, wenn es ein Jenseits gibt. Auf dem Rückweg sind wir noch bei einer Tankstelle vorbei, da hat der Preuße aufmunitioniert wie der Teufel, fünfzehn Kanister Zweitaktermix, der Tankstellengustl hat uns angeschaut wie zwei Affen, aber das ist dir dann auch egal, wenn du ein Staatsbürger vom Blockuniversum bist.

Wie wir durch den Wald zur Hütte hinauf gefahren sind, kommt uns einer entgegen, voll mit Karacho, Lichthupe, dass wir Platz machen sollen. Dass es dem Döring sein Geländemercedes war, haben wir erst hinterher realisiert, weil das Auge ist schon immer schneller gewesen als der Verstand und ein Geländemercedes erst recht. Der Preuße hat gesagt, jetzt freut es ihn erst richtig, dass er die Sau an den Eiern hat, und wenn der Preuße so dahergeredet hat, da hast du gewusst, er ist im Terriermodus. Und wenn du einmal gesehen hast, wie die Terrier auf einen Keiler losgehen, der kann sich fast noch freuen, wenn es nur die Eier sind.

Keine Ahnung wie es dir gegangen wäre, aber ich bin ehrlich überrascht gewesen, weil oben bei der Hütte war es ganz ruhig, alles fertig, keine Techniker und nichts mehr unterwegs und mir hat der Lärm richtig gefehlt, da ist der Mensch komisch. Nur zwei, drei Transporter waren geparkt, da haben sie vielleicht die Boxen und so etwas eingesperrt. Bei uns hat es ja einen gegeben, der ist noch mitten im Kalten Krieg aufgewachsen und da haben sie immer von der Neutronenbombe erzählt, da geht nichts kaputt, nur die Leute sind alle hin. Daran habe ich denken müssen, vielleicht übertrieben, aber jetzt hast du eine Vorstellung. Auf jeden Fall, hat der Preuße gesagt, es ist ideal für die Generalprobe. Und die Generalprobe, die hat uns dann wieder einen Schritt näher an den Abgrund gebracht, da ist das Blockuniversum konsequent.

Ich bin nicht grundsätzlich ein Gegner von Generalproben, obwohl schon immer ein großer Freund der Improvisation. Aber in Sachen Fehlervermeidung, da kann die Improvisation nicht an gegen die Generalprobe. Zum Beispiel der Preuße und ich, wir haben uns vorgestellt, wenn du so einen Unkrautmittellaubbläser leergeblasen hast, dann haust du einen neuen Eimer Wegerein hinein und ruckzuck geht es weiter. Aber da war die Bauart noch nicht ausgereift und es hat uns so gefuchst, dass wir gesagt haben, wir nehmen alle fünf mit und bevor die nicht alle leer sind, wird nicht neu aufgefüllt. Aber sonst hat es einwandfrei funktioniert, nur dass schon sechs Eimer Wegerein und drei Kanister Zweitaktermix draufgegangen sind, bis wir es gekonnt haben. Und den Boden hinter der Hütte haben wir wahrscheinlich zwei Meter tief vergiftet. Apropos, draufgegangen wären wir schon bei der Generalprobe, wenn wir uns nicht die Gasmasken aufgesetzt hätten, da waren nämlich welche in der Gerätekammer. Farbe und Design klassisch rote Armee oder NVA, verkaufen sie dir in Berlin auf der Straße, und der Preuße hat damit ausgesehen wie eine Kreuzung aus Rüsselkäfer und Ameisenbär. Oder wie etwas sehr Gefährliches vom Planeten Tragikomix.

----------------------------------------------

*Von: [redacted]@[redacted].de*

*An: Frieder Wanzke wanfried@[redacted].de*

*Datum: 9. 8. 2015 16:05*

*Betreff: Re: Bekannt*

*Wanzke, um Gottes Willen, was ist da los? Rufen Sie mich sofort zurück!*

*Gruß*

[redacted], *Ministerialdirektor*

----------------------------------------------

Morgenstund hat Gold im Mund, auch nicht gerade Rocket Science, der Spruch ist so dumm, dass du glauben möchtest, es ist wieder so ein Freizeit-Zitat vom Einstein. Aber im Dienst war er schon ein Profi, hast du mitbekommen, jetzt haben sie auch noch seine Gravitationswellen gefunden und er hat noch ein bisschen mehr recht mit der Allgemeinen Relativität. Und nebenbei, wenn du dich auskennst, mit jedem Jota, was er mehr recht hat, freut sich das Blockuniversum, weil es ist schon wieder wahrscheinlicher geworden. Schlechte Nachricht für die Pfarrer, nämlich die fliegen aus der Kurve, wenn der liebe Gott wirklich nicht würfelt[xxi], frohe Botschaft für so welche wie mich, die ein schlechtes Gewissen haben.

Jedenfalls, wegen Morgenstund, der Preuße hat mich natürlich aus dem Bett geworfen, da ist es draußen noch dunkel gewesen, und ich hätte ihm sagen müssen, dass ich über seinen Plan geschlafen habe und er kann mich kreuzweise im Mondschein, weil man für so etwas Spezialisten braucht.

Aber weißt du, du hast ja noch nichts erlebt, ich sage immer, Augen zu und durch und darauf freuen, was hinterher kommt. Und das hinterher war in dem Fall, habe ich dir noch gar nicht erzählt, dass wir für den Abend mit der Maxi und der Leni eine Abschiedsfeier auf der Hütte ausgemacht haben, weil sie haben am Montag wieder zurück nach Prag gemusst und Feier lieber mit uns, weil mit den Filmleuten haben sie sich nicht besonders verstanden. Das ist wie überall anders auch, in der Arbeit muss man sich nicht mögen, unter Profis haut es trotzdem hin. Du kannst dir vorstellen, letzte Chance für mich bei der Maxi, das hat mich mehr beschäftigt als dem Preußen seine ganze Unkrautaktion. Und die Maxi hat mich noch gefragt, vorsorglich, hat sie gesagt, ob sie vielleicht bei uns übernachten dürfen, weil man hat leicht etwas zu viel getrunken und sie hat dabei geschmunzelt, dass ich meine Schlagadern gehört habe vor lauter Hormonüberschwemmung.

Dem Preußen hat es nicht schnell genug gehen können, dass wir den gelben Japaner aufladen. Auf den Rücksitz haben wir die Kanister mit dem Zweitaktermix und in den Kofferraum die fünf Laubbläser, die haben herausgeschaut, und es hat ausgesehen, als ob der gelbe Japaner einen Zweitausend-PS-Motor gehabt hätte, mit fünf Mega-Auspuffen, jeder so dick wie ein Ofenrohr. Überall wo noch Platz gewesen ist, haben wir Wegerein-Eimer hineingepresst, weil der Preuße hat gesagt, wir haben nur eine Chance und es darf uns auf keinen Fall das Material ausgehen.

Ich habe gesagt, der gelbe Japaner hängt schon arg in den Federn und er ist hoffnungslos überladen, aber der Preuße keine Gnade. Den Berg wird er schon noch hinaufkommen, sagt er, und nach dieser Aktion gibt es sowieso einen Dienstwagen. Trotzdem hat mir der gelbe Japaner leidgetan, das ist mir so vorgekommen, wie wenn du einen Ochsen sich zu Tode arbeiten lässt und du denkst schon darüber nach, wie er sich als Rindsbraten ausmacht.

Dem Preußen hat es auch gar nicht gepasst, dass ich noch in die Küche bin und eine Brotzeit für uns hergerichtet habe, aber ich habe gesagt, wenn wir dann oben warten müssen, bis es unten losgeht, will ich wenigstens keinen Hunger haben. Er hat herumgemosert, dass uns kein Mensch sehen darf und ich bin schuld, wenn es nichts wird. Nachträglich weiß man es immer besser, das war jetzt nichts für den Einstein, weil in dem Spruch ist die Zeit nicht relativ, aber es wäre gescheiter gewesen, wenn ich mir mit dem Brotzeitmachen mehr Zeit gelassen hätte, vielleicht hätte ich mich in die Hand schneiden sollen oder so etwas.

Bei uns hat es einmal einen gegeben, der hat immer gesagt, wir haben die ganze Natur zu einer nächtlichen Veranstaltung gemacht. Und da muss ich ihm recht geben, wir Menschen haben uns zur Komfortzeit hineingedrückt, Sonnenschein und schönes Licht und alles, und dass die meisten Viecher keinen gesteigerten Wert auf eine Begegnung mit uns legen, das kennst du aus eigener Erfahrung. Darum kommt ja das ganze Wild erst spät am Abend aus seinen Löchern heraus und wo es sonst tagsüber drinsteckt. Und jede Wette, wenn du so einen alten Nachtjagdscheininhaber wie den Fredl gefragt hättest, der hätte gesagt, wenn du wirklich etwas sehen willst, dann musst du früh am Morgen hinaus, weil das Wild weiß auch, dass die Menschen in der Früh ihren Hintern nicht aus dem Bett bekommen. Wenn du das bedenkst, ist es schon seltsam gewesen, wir haben überhaupt nichts gesehen, wie wir mit dem gelben Japaner die Waldstraße hinaufgefahren sind. Normal, irgendein dummes Reh, ein Schmaltier oder wenigstens ein Mauswiesel glaubt ja immer, dass es unbedingt einen halben Meter vor dem Kühler über die Straße muss. Aber im Nachhinein sonnenklar, ein Springkraut, das einen ganzen Bären wegsteckt wie eine Leberkässemmel, das wird auch mit der restlichen Menagerie fertig, und die Drehzahl, die der gelbe Japaner gebraucht hat, dass er uns mit der ganzen Ausrüstung den Berg hinaufbringt, davon kannst du ausgehen, die liegt schon im Fluchtreflexbereich, rein geräuschmäßig.

Auf jeden Fall, wie wir dort oben waren, wo der Weg wieder ein Stück abwärts gegangen ist bis zu der Felsnase mit dem B-Punkt darunter, da haben wir uns überlegt, wir lassen den gelben Japaner lieber stehen. Weil da war der Weg so beieinander, da hast du nicht sicher sein können, dass wir da mit dem Auto wieder hinaufkommen. Und wegen irgendetwas zwischen fünfzig und hundert Metern zu Fuß, da riskierst du besser nichts.

Der Preuße hat gesagt, dass wir da sind, und da hast du den Preußen allgemein, die können auch das Selbstverständliche nicht für sich behalten.

Ich habe gesagt, ich warte auf keinen Fall im Auto, weil der Zweitaktermix, so dicht kannst du einen Kanister gar nicht zuschrauben, dass dir nicht alles vergeht von dem Gestank. Wir sind also den Weg hinunter, haben uns auf die Felsnase gesetzt, weil da hast du die Füße hinunterhängen können, und wir haben unsere Brotzeit ausgepackt. Und wenn du dazu eine Thermoskanne mit einem heißen Kaffee aufschraubst, dann ist die kosmische Balance für mich in Ordnung. Du kannst dir denken, ich habe mir ausgemalt, dass ich mit der Maxi dasitze und wir lassen den Tag miteinander kommen und was sonst noch alles kommt. Aber was dann gekommen ist, ungefähr gleichzeitig mit dem Tag, da kommst du nicht darauf.

Ich glaube, der Preuße und ich, wir sind nach einer Weile dagesessen wie die Halbschlafzombies, weil was hätten wir machen sollen mit der ganzen Zeit und wenn du so früh aufstehst, dann holt es dich gerne wieder ein, wenn du nicht gleich etwas zu tun hast. Jedenfalls, auf einmal sagt der Preuße Pfui Teufel und geh weg, und bevor ich etwas kapiert habe, sagt er »das ist ja der L-o-i-s-i!«

Und Tatsache, die Schlagohren, die Kulleraugen, die großen Pfoten, das war der Loisi wie er leibt und lebt und der hat sich gleich an den Preußen hingedrückt, große Zuneigung seit dem Besäufnis mit dem Döring, das weißt du noch. »Braver, braver L-o-i-s-i«, sagt der Preuße und er hat ihn gleich gestreichelt, die Freude ganz beiderseits.

Ich habe gefragt, ob wir auch einen Plan B haben, weil wo der Loisi ist, kann der Döring nicht weit sein.

Hmm, sagt der Preuße, »L-o-i-s-i, wo ist denn das Herrli?«, aber der Loisi hat sich nur an den Preußen gedrückt, und da haben wir gesehen, dass der einfach fix und fertig gewesen ist. Wenn du einmal eine Nacht durcharbeitest und dann schaust du in der Früh in den Spiegel, dann musst du dir das nur noch als Hund vorstellen und dann weißt du, wie der Loisi ausgesehen hat. Der Preuße hat ihm ein Wurstbrot gegeben, das hat er in zwei Sekunden hinuntergedreht, dann ist er auf dem Preußen seinen Schoß und ratzfatz im Hundetraumland.

Der Preuße und ich natürlich hellwach, ob wir irgendetwas hören, vielleicht dass ein Zweig knackt, wenn der Döring darauf tritt oder so etwas. Aber es ist rein gar nichts gewesen.

Auf einmal sagt der Preuße, er versteht es jetzt schon, der Döring, die Drecksau, hat gestern den Loisi ausgesetzt, vielleicht wollte er ihn ins Springkraut werfen und er hat nur zu kurz geworfen. Und dann ist er abgehauen mit Karacho, hätte ja fast einen Unfall mit uns gebaut.

Warum sollte der Döring den Loisi loswerden wollen, habe ich gesagt. Vielleicht hat er bloß ein dämliches Jagdkommando nicht kapiert oder einen blöden Enkel gebissen, der grob mit ihm gespielt hat, sagt der Preuße, so etwas Herzloses.

Ich halte ja nicht viel von den Leuten, die immer sagen, dass du mit Tieren die höchsten Krankheiten heilen kannst, vom Eisenmangel bis zur Beulenpest, aber jetzt, wo kein Döring gekommen ist, hat der Loisi schon eine entspannende Wirkung entwickelt auf den Preußen und mich. Die Sonne ist herausgekommen und wenn du einmal gesehen hast, wie das Licht am Morgen den Wald aufweckt, dann bekommst du es mit dem Gefühl von der großen Harmonie und wenn du tausendmal weißt, dass die Bäume in Wirklichkeit aufeinander losgehen wie die Kesselflicker. Woran ich gedacht habe, weißt du eh schon, und der Preuße hat den Loisi gestreichelt, der Loisi hat geschnarcht und hin wieder hat es ein wenig gestunken, weil der Loisi hat natürlich das Wurstbrot verarbeiten müssen. Aber das ist wahrscheinlich notwendig gewesen, damit die kosmische Balance nicht umkippt vor lauter Alles-ist-gut.

Er möchte mir etwas anvertrauen, sagt der Preuße auf einmal.

Nur zu, sage ich.

Ich, der Klugi, bin ja der einzige Mensch, den er überhaupt ein bisschen näher kennt, sagt er, und ich muss ihm versprechen, dass ich ihn nicht auslache.

Ehrensache, sage ich.

Die Sache ist die, sagt der Preuße, er wird ja immer so unsicher, wenn er mit Frauen zu tun hat.

Du hast dich verliebt, sage ich.

Ja, sagt er, und natürlich sofort feuerrot.

Wer ist denn die Glückliche, habe ich gefragt. Aber ich habe gleich gewusst, dass es die Weinmüller Sabrina sein muss. Weil die hat bedient im Kasino vom Ministerium, freundlich, intelligent, top Figur, im Sommer nichts an unter dem T-Shirt, ich will gar nicht wissen, was die jeden Tag Trinkgeld bekommen hat von den alten Böcken, keiner unter A15. Ich kann mir nicht vorstellen, dass es einen gibt, dem die Sabrina nicht die Hormone in Bewegung gebracht hat, und für einen Stockfisch wie den Preußen brauchst du schon so ein Kaliber, damit er überhaupt anspringt. Natürlich drei Nummern zu groß für den Preußen, ich habe es auch einmal probiert bei ihr, kannst du vergessen.

Die Sabrina ist schon ein Feger, habe ich gesagt, weil der Preuße ist mir noch die Antwort schuldig gewesen.

Nein, sagt er, es ist die Maxi.

Ich weiß nicht, ob du das schon einmal erlebt hast, da wird dir einer ganz langsam sympathisch, und dann sagt er dir, dass er in die gleiche Frau verliebt ist wie du. Da gibt es einen Präzedenzfall beim Graham Greene, da spielt die Rolle vom Preußen ein dummer Amerikaner, und der liegt am Ende in der Kühlung und er hat ein Loch an einer Stelle, wo keines hingehört. Ich bin jetzt nicht der, der gleich die Gewalt als Lösung propagiert, aber dass meine Begeisterung für den Preußen stark nachgelassen hat, das verstehst du auch.

Und jeder andere hätte es sofort gemerkt, rein nonverbal, dass er mit seinem Leben spielt, so wie es mich gerissen hat, aber der Preuße hat es mir einfach weiter eingerieben, weil das hat seine Seele einfach gebraucht. Jetzt weiß er endlich, sagt er, für was er die ganze Karriere machen will, nämlich damit er der Maxi etwas zu bieten hat, und wenn sie sagen kann, sie hat einen Mann mit Dienstwagen, das ist schon wichtig, wenn man in Deutschland wohnt und Hausfrau ist und Tschechin, sonst hat man Statusprobleme mit den Nachbarinnen. Und eine gute Hausfrau sagt er, die braucht trotzdem so eine leicht animalische Seite und genau das bringt die Maxi mit.

Das war jetzt nicht einfach für mich. Auf der einen Seite ist mir der Preuße fast noch sympathischer gewesen, von wegen hoffnungslos naiv, andererseits musst du dir einmal vorstellen, um wieviel die Welt schöner wäre mit weniger Typen wie dem Preußen darauf.

Ich habe wissen wollen, ob er es ihr schon gesagt hat.

Nicht direkt, sagt er, aber er kann sich nicht vorstellen, dass sie so unvernünftig ist und nein sagt, aber er wird sie heute Abend fragen. Dann ist ihm noch so ein Gedanke gekommen.

Ob ich weiß, sagt er, ob Tschechinnen auf das Gesundheitsamt müssen, wenn sie bei uns eingebürgert werden. Weil er glaubt nicht, dass die unsere Standards haben und wenn man sich mit etwas ansteckt, da kann man regelrecht unfruchtbar werden, hat er gelesen.

Dir sollen Warzen wachsen auf deinem Heinzi, so groß wie Bratkartoffeln, habe ich mir gedacht. Jetzt hat es den Preußen gerissen und da habe ich gemerkt, dass ich es laut gesagt habe.

Und wenn ich ihm die Meinung gegeigt hätte und gegangen wäre, dann hätte es vielleicht noch eine Abzweigung aus der Geschichte gegeben. Aber ich habe gesagt, ob er das nicht kennt, das wünscht man hin und wieder einer männlichen Jungfrau, wenn sie sich zum ersten Mal verliebt hat, so ähnlich wie Hals- und Beinbruch.

Aha, sagt er, aber du hast schon gemerkt, dass er sich nicht sicher gewesen ist, aber er hat sich halt überhaupt nicht ausgekannt und er hat es auch geschluckt, weil wenn du in den nächsten paar Stunden die Welt retten willst, dann zweifelst du nicht gern an deinem Verbündeten.

Ich habe nichts mehr reden wollen und der Preuße war auch wieder in seinen eigenen Gedanken unterwegs, aber ich habe immer an die Maxi denken müssen, wie sie die Ehefrau vom Ministerialrat-Preußen ist und sie hat zwei Kinder, ein Mädchen und einen Buben, alle zwei genauso hässlich und dumm wie der Preuße, und wenn sie überhaupt Musik machen darf, dann muss sie den Bamsen Blockflöte beibringen und jeden Mittwoch haben sie Spieleabend mit anderen Ehepaaren und die sind genauso langweilig. Und ich habe mir gedacht, rein wirtschaftlich der Preuße die erstklassigen Argumente und eine clevere Tschechin denkt zumindest ernsthaft darüber nach, weil voreilig lehnt sie so etwas nicht ab. Eine Frau von der ihrem Zuschnitt hat natürlich Ausweichmöglichkeiten, wenn der Preuße keine Phantasie aufbringt bei der ehelichen Pflichterfüllung, aber glücklich wirst du mit so etwas nicht, meine Meinung. Nicht dass du jetzt glaubst, ich bin uneigennützig in einer Beziehung, aber es muss schon für beide passen.

Gut dass sich unten etwas getan hat, sonst hätte mich die Vorstellung von der Maxi glatt fertig gemacht, wie sie vielleicht ihre Zukunft an den Preußen verkauft, die ist in meinem Hirn gewachsen wie so ein bösartiger Tumor. Jetzt hast du aber Autos kommen hören und scheinbar hat die Band aufgebaut, letzter Soundcheck und alles. Und dann, auf einmal ganz deutlich, die Stimmen von der Maxi und der Leni, wie sie die Anlage ausprobiert haben. »*Ráz, dva, ráz, dva*, begrießen wir härzlich unsere Freinde drunten in die Tal und die droben auf die Bärg noch mähr, *ráz, dva* …«, da waren natürlich wir gemeint und wie ich die Maxi so gehört habe, habe ich mir überlegt, dass sie der Preuße nur über meine Leiche bekommt und er kann sich am Abend auf etwas gefasst machen. Aber in Sachen Akustik muss ich dem Professor hundert Prozent recht geben, jedes Wort klar und deutlich, das kannst du dir vorstellen wie in so einem Kellergewölbe, das hast du manchmal in einer alten Wirtschaft, wo du zehn Tische weiter alles verstehst und direkt daneben gar nichts, nur dass es komplizierter ist, weil es ist kein Kellergewölbe, sondern ein ganzes Gebirge. Aber man muss nicht alles verstehen, Hauptsache man findet sich zurecht, das soll übrigens auch der Einstein gesagt haben.

Jetzt muss ich sagen, ein Pfarrer ist ja nicht auf den Kopf gefallen und er merkt es auch, wenn ihn einer ausnutzen will. Weil unten haben sie jetzt den Gottesdienst gehabt, aber nur Vorprogramm für das Konzert, und garantiert, sie haben ihm gesagt, er soll bloß nicht zu lang predigen, damit sie pünktlich anfangen können mit dem Geschäftmachen. Jetzt hat der Pfarrer gesagt, dann verzichtet er überhaupt auf die Predigt und dafür macht er es ein anderes Mal wieder länger, wenn er dringender gebraucht wird, vielleicht auf einer Hochzeit oder einer Beerdigung. Gut auf lustig gebracht, aber Betonung auf Beerdigung, da hast du schon gemerkt, klare Botschaft, ihr kommt schon wieder angekrochen, wenn es euch schlecht geht. In dem Moment hat es keiner kapiert, aber hinterher haben es die alten Weiber genau gewusst, von wegen der Pfarrer und hellseherische Fähigkeiten hoch drei.

Auf jeden Fall, der Pfarrer hat eine zügige Messe hingelegt, und beim Gehet hin in Frieden hat der Preuße gesagt, jetzt gilt es.

Wir also zum Auto hinauf, der Preuße seine Jacke auf den Beifahrersitz und darauf den Loisi, der hat gleich weitergeschlafen, weiß heute jeder Tierpsychologe, mit dem Schwitz von der Vertrauensperson floriert die kosmische Balance für jeden Hund, da macht es ihm auch nichts aus, wenn die Umgebung ein bisschen nach Zweitaktermix stinkt. Wir haben uns jeder einen Wegerein-Bläser umgehängt, die Gasmarie auf die Stirn geschoben und wieder zurück. Unten ist der Schwartelmeier am Mikrofon gewesen, weil als Bürgermeister und Hauptprofiteur bist du immer der, der das Konzert eröffnet. Du hast sofort gemerkt, das Reden haben sie ihm auf dem Kloster beigebracht, wo sie alle hinschicken, die ein bisschen etwas geworden sind in der Partei. So einen kannst du dir heute bei jeder Aborteinweihung anhören, ein schweinischer Gag auf die zwei Künstlerinnen, aber so, dass es katholisch gerade noch durchgeht, du kennst dich schon aus.

Aber dann Kontrastprogramm, Profisängerinnen mit Profiband, keine Vorrede, die haben es gleich krachen lassen und ich mag ja eigentlich keinen Alpenpop, aber so wie die losgeschrammelt haben mit Basstuba, Trompeten, Akkordeon und natürlich zwei Gesangsstimmen, die dir den Rest geben als Mann, da habe ich schon überlegt, ob ich nicht konvertiere, rein musikgeschmacklich. Wäre am Ende noch passiert, wenn mich der Preuße nicht angeschnauzt hätte, worauf ich noch warte, jetzt hört uns unten keiner. Wir haben uns am oberen Rand von dem Springkraut aufgestellt, der Preuße vielleicht zehn Meter vor mir, Gasmaske ins Gesicht, Motor angelassen und das Zeug in die Botanik geblasen. Und von wegen, wenn du glaubst, das ist ganz einfach. So eine Gasmarie, die dreht dir ganz schön den Suppenschlauch zu und das Blasding hat ein Gewicht, dass du sagst, das gibt es auf keinem Schiff, und wenn der Motor läuft, musst du aufpassen, dass es dir nicht die Füße weghaut, so schaukelt das Teil. Von dem Staubnebel mag ich gar nicht reden, da bin ich dir dankbar, wenn du mir den einfach glaubst.

Aber auf der anderen Seite, die Welt von einem Übel befreien, das dir die Leberkässemmel wegfrisst und noch einiges mehr, das hat schon etwas Erhebendes, ganz anders als ein Job zum Beispiel beim Finanzamt, wo du ja zugeben musst, dass du selber eine

Art Übel bist. Natürlich kommst du langsam voran, aber wenn du siehst, wie sich das weiße Zeug auch noch zehn Meter weit drin auf die Stängel legt, dann denkst du dir schon, jetzt leiste ich einmal wirklich etwas.

Was du mit so Unkrautbläsern für einen saumäßigen Lärm zusammenbringst, das kannst du in Dezibel schon fast nicht mehr ausdrücken, darum haben wir aufgepasst, dass wir sofort stoppen, wenn unten die Musik eine Pause gemacht hat. Und wichtig auch der Clou, mit der Maxi und der Leni war ausgemacht, dass sie es irgendwie in die Ansagen einbauen, wenn einer den Weg zu uns hinauffährt.

Übrigens, das weißt du wahrscheinlich nicht, wenn du heute auf dem Konservatorium in Prag im Nebenfach Alpenpop studierst, da singst du den Pop hinterher akzentfrei auf Bairisch, Österreichisch und Schweizerisch. Italienisch und Rätoromanisch noch dazu, wenn du dich hineinhängst. Aber wenn du normal redest, oder du singst eine andere Stilrichtung, dann hast du wieder deinen Akzent, da versteh einer das menschliche Gehirn. Darum haben die Maxi und die Leni sich einen herunterjodeln können wie die höchsten Sennerinnen aus Lenggries, aber die Ansagen toujours auf k.u.k. Böhmisch, richtig süß, wenn du auf mein Urteil etwas gibst. Auf jeden Fall kein Alarm dabei und der Preuße und ich haben das Springkraut eingenebelt auf Teufel komm heraus. Und ich bin ja wirklich ein überzeugter Gegner von den Laubbläsern in den Händen von einem Hausmeister oder bei der Straßenreinigung, aber wenn du damit eine Geißel der Menschheit vernichten kannst, dann haben sie ihre Berechtigung, meine Meinung.

Wir haben vielleicht schon zwei Drittel gehabt und unten ist wieder Ansage gewesen. Die Leni hat gesagt »wir bedanken sich fier dän Applaus und es ist so schän, wenn man mit der Musik den Mänschen eine Freide schänken kann.« Und dann die Maxi »aber leider kennen Leite mit große Verantwortung oft nicht bleiben bis zu die Endä und ist besonders schade, dass mir den freindlichen Härrn Bankschäff nicht mehr sähen in Publikum und sein Auto auch nicht.«

Die Leute haben gelacht, aber für uns nur ganz leise, weil dem Publikum geben sie zum Glück noch kein Mikrofon. Aber was sagst du zu den Mädels, Respekt, knallharte Warnung und trotzdem hundert Prozent unverfänglich. Der Preuße hat mir ein Zeichen gegeben, wir sollen in Deckung gehen, aber da haben wir gesehen, dass hinter dem gelben Japaner der Geländemercedes gestanden ist und es war niemand drin. Aber auf der Felsnase genau über uns, da war einer, und der hat uns zugeschaut.

Mein Unkrautbläser ist noch im Standgas gelaufen, aber ich weiß, was ich der Dramaturgie schuldig bin und ich habe den Motor abgedreht. Der Preuße hat seine Gasmaske auf die Stirn geschoben und ich habe mir gedacht, auch für mich keine schlechte Idee, weil du hast sofort gemerkt, jetzt hängt alles vom Verhandeln ab. Ich meine, keine Überraschung, dass der Döring dagestanden ist, von wegen Warnung und Geländemercedes, und auch keine Überraschung, dass er die Doppelbüchse dabeigehabt hat. Ein bisschen komisch natürlich schon, er ist im Bankerzwirn gesteckt, Anzug, Krawatte, alles, und nicht in der Jagerkluft, aber die eigentliche Überraschung – es ist der junge Döring gewesen.

Jetzt, wenn du dir vorstellst, was die Situation für den jungen Döring hergegeben hätte. Zum Beispiel, er hätte sich oben hinstellen können auf die Felsnase, breitbeinig, Doppelbüchse quer vor dem Körper, er hätte erst herunterschauen können auf uns, dann wieder weit weg, die Augen ganz eng und ein grandioses Statement herauslassen, dass die Welt einen Moment lang das Drehen vergisst. So eine Szene kannst du noch deinen Enkeln erzählen und du bist stolz, dass du sie überlebt hast. Aber weißt du, was er gesagt hat.

»Haben Sie vielleicht den Loisi gesehen?«

Und sein ganzer körperlicher Ausdruck eins zu eins der dumme Vampir.

Der Preuße und ich, wir haben uns kurz angeschaut. Nein, sagt der Preuße, den haben wir nicht gesehen.

Es ist nur, sagt der junge Döring, der Loisi kann am allerwenigsten dafür und darum wollte er noch einmal nachschauen.

Das war jetzt eine komische Pause, weil der junge Döring hat scheinbar nichts mehr gewusst, was er sagen kann, und wir, ehrlich gesagt, auch nicht. Und du musst dir merken, wenn du es mit einem dummen Vampir zu tun hast und der hat eine Doppelbüchse, dann ist so eine Pause praktisch das Gegenteil von gut, weil wenn der dumme Vampir Zeit zum Nachdenken hat, wer weiß, auf was er dann kommt und dann ist es aus.

Ich habe gesagt, wenn ich jetzt nachdenke, kann sein, dass ich es da drin bellen gehört habe, aber ich bin mir nicht sicher. Und ich habe auf das Springkraut gedeutet, dort wo noch nicht so viel Wegerein drin war, weil ich habe mir überlegt, mit einem dummen Vampir geht es vielleicht.

Nein, sagt der junge Döring, er ist nicht so dumm wie sein Vater, tut ihm leid.

Ob sein Vater auch den Loisi gesucht hat, fragt der Preuße.

So in etwa, sagt der junge Döring.

Garantiert, du hast noch keine Vorstellung von der ganzen Situation. Das musst du dir ausmalen, wir verhandeln oben mit einem dummen Vampir und von unten kommt der Alpenpop, dass es nur so kracht, und es ist anstrengend, du hörst den Vampir kaum reden, weil traditionell hat ein Vampir von Haus aus schon keine laute Stimme.

»Und gefunden?«, fragt der Preuße weiter.

Nein, sagt der junge Döring, nein, das glaubt er nicht.

»Ihr Vater ist jetzt also wo genau?«, fragt der Preuße.

Der junge Döring hat gesagt, sein Vater hat sich nie um die Details gekümmert, das war schon immer das Problem. Sonst hätte die Bank schon längst den ganzen Corporate und er hätte auch gewusst, dass er in die Pflanzen besser nicht hineingehen soll.

Der Preuße hat gefragt, ob es denn einen Unterschied gemacht hätte, wenn er es gewusst hätte.

Der junge Döring hat überlegt. Nein, sagt er, eigentlich nicht. Aber es war einfacher.

Jetzt ist dir schon aufgefallen, dass es langsam unlogisch wird. Mir auch. Moment, sage ich, ich habe es selbst gelesen, Ihr Vater hat dem Lansky das ganze Pflanzengeschäft eingekippt. Wenn der es nicht gewusst hat.

Nein, sagt der junge Döring, sein Vater hat mit dem Lansky Immobiliengeschäfte auf Kuba gemacht, nicht weniger, aber auch nicht mehr. Der Preuße müsste sich doch noch an den Empfang erinnern, da hat es sein Vater klar und deutlich gesagt, das mit Kuba ist sein letztes Auslandsding.

Wer dann die ganzen Briefe an den Lansky geschrieben hat, mit dem Briefkopf vom alten Döring, fragt der Preuße.

Ich, sagt der junge Döring.

Das musst du dir auf der Zunge zergehen lassen, was sich der alte Döring da für ein Früchtchen aufgezogen hat. Den eigenen Vater mit einem alten Geschäftsfreund hintergehen, dagegen ist heute ein Ehebruch die reinste Bagatelle, aber der Lansky und der Döring Junior, die Sorte Soziopath versteht sich halt ohne Wenn und Aber. Und raffiniert, der ganze Schmu mit dem Vater seinem Briefpapier und nachgemachter Unterschrift. Die zwei haben ein spezielles Aktenzeichen ausgemacht, winziges Detail, damit die Korrespondenz nicht durcheinanderkommt, unauffällig hoch drei. Da wenn der Handel aufgeflogen wäre, hätte es auf der Döring-Seite nur den Vater zerrissen, Beweislage erdrückend, und einem Lansky kannst du eh von Haus aus nichts beweisen. Und der junge Döring hätte zwei Jahre später vor lauter Corporate Konkurs gemacht, meine Meinung.

Wahrscheinlich hat es so kommen müssen, sagt der junge Döring, früher oder später. Aber es ist früher gekommen, weil so ein weniger kluger Mitarbeiter vom Lansky, nebenbei ein studierter Germanist, hat das mit dem Aktenzeichen nicht kapiert und einen Antwortbrief an den Vater geschickt, der war eigentlich für den Sohn gedacht. War gestern früh in der Post und der Vater uneinsichtig. Nebenbei aus allen Wolken von wegen was der Professor wirklich forscht mit dem Springkraut, aber Missverständnis, er hat geglaubt, es geht um eine neue Droge. Zum Glück, sonst wäre es gestern schwieriger gewesen. Aber der

Professor und der Lansky sowieso, die haben es halt auch verstanden, dass man die progressiven Sachen mit dem Sohn ausmachen muss. War schon schlimm mit dem Vater, sagt er, diese Mischung aus bauernschlau und naiv, ganz zu schweigen von den Marotten, zum Beispiel hat er schwierige Gespräche immer gern bei einem Reviergang geführt. Aber das hat er am Ende auch bekommen. Wir sollen beruhigt sein, wie er es gemerkt hat, hätte ihm eh schon niemand mehr helfen können.

Ich meine, jetzt hat es auch der Dümmste verstanden, dass der junge Döring nicht mehr viel Zukunft für uns gesehen hat. Aber den Preußen hat irgendetwas Feierliches geritten und weißt du, was er gesagt hat.

»Ihr Vater war ein großer Unternehmer.«

Preuße, du Genie, habe ich mir gedacht, wenn wir das überleben, dann erschlage ich dich mit diesen meinen Händen. Aber der junge Döring hat sich nichts anmerken lassen.

Mag sein, sagt er, aber einen großen Unternehmer darf man nicht mit einem großen Geist verwechseln. Ein großer Geist hat immer auch die Details im Blick. Nehmen Sie den Einstein, der hat sich nicht nur mit dem Universum ausgekannt, sondern auch mit den Bienen.

Da habe ich gewusst, dass wir noch eine Chance haben.

Unten haben sie jetzt den Alpenpop so aufgedreht, dass es bei uns oben die Zapfen an den Bäumen gebeutelt hat. Es tut ihm leid, sagt der junge Döring, wir müssen die Unterredung beenden, der Lärm geht ihm einfach gegen sein Empfinden, wir wissen ja, wohin unser Weg jetzt führt.

Unten hat die Maxi das nächste Stück angesagt, in dem Moment nicht vorrangig interessant für den Preußen und mich. Aber dann sagt sie »Vorhär noch mechten wir winschen gute Fahrt dem Motorrad, was sich äben den Berg hinaufsaust.«

Wichtiges Detail, wenn du mich fragst, aber der junge Döring hat es nicht mitbekommen. Über den eigenen Vater schimpfen, aber selbst genau der gleiche Uhu.

Tja, sagt der Preuße, jetzt, wo es zu Ende geht, möchte er dem jungen Döring noch mitgeben, dass *Corporate Governance* und das andere Zeug, dass das nur Worthülsen sind, ein echter Unternehmer macht so etwas von Haus aus richtig und die anderen können es vielleicht schreiben, aber lernen werden sie es nie.

Da schau her, der Preuße, Hundertfünfzigprozentbeamter, aber Unternehmersprüche wie der Henry Ford höchstpersönlich. Und ich habe in dem Moment verstanden, der wäre bei der Bundeswehr auch etwas geworden, von wegen strategisch.

Wie bitte, sagt der junge Döring.

Ich habe gesagt, der Preuße will andeuten, dass der ganze Corporate-Sarotti ein Scheißdreck ist. Eigentlich habe ich schreien müssen, weil unten haben sie es wieder krachen lassen, du machst dir keinen Begriff.

Auf jeden Fall, der junge Döring, so etwas hat er nicht leicht weggesteckt, weil wenn du frisch von der Uni kommst und sie haben dir das ganze Hirn mit Corporate-Dingsdi aufgeblasen, dann ist das dein Evangelium. Und wenn du in Geschichte nur halbwegs aufgepasst hast, dann weißt du, Evangelium und Missionieren, da kommt das eine schneller zum anderen, als du schauen kannst. Und das kannst du dir gleich merken, bei einem echten Missionar, wenn du dich bei ihm einschleimen willst, dann vergiss es, weil du interessierst ihn gar nicht. Nämlich ein echter, wie der junge Döring, der sucht die Herausforderung, die totale Ablehnung, die muss er dir austreiben, damit es nicht seine Schuld ist, wenn du nachher im Jenseits Schwierigkeiten bekommst. Und in unserem Fall hat es ja pressiert wegen der Pläne vom jungen Döring im Zusammenhang mit uns und dem Jenseits.

Eine moderne Unternehmensführung unterscheidet sich von einer antiquierten dadurch, sagt er, dass sie intuitives Handeln durch klar definierte Begriffe ersetzt. Mein Lieber, jetzt hat er aber schreien können, die reinste Bußpredigt, exklusiv für den Preußen und mich.

Moment, sagt der Preuße, bisher existiert weltweit noch kein einheitliches Verständnis oder eine einheitliche Definition, was *Corporate Governance* genau bedeutet oder umfasst. Das hat er aus Wikipedia, kannst du wetten.

Hoho, schreit der junge Döring, das glaubt aber auch nur der Preuße, und er hat abgespult, von wegen Wahrung der Stakeholderinteressen, Transparenz in der Unternehmenskommunikation, formelles Verfahren für die Wahl der Board-Mitglieder und was weiß ich noch alles, du musst dich immer wieder wundern, wieviel Müll in einem einzigen Kopf Platz hat.

Hinter dem Geländemercedes vom Döring, das habe ich aus dem Augenwinkel gesehen, war auf einmal Bewegung und es war der Motorradfahrer, auf den hast du auch schon gewartet, wo ihn doch die Maxi angekündigt hat. Und es war einer von den schlaueren Motorradfahrern, weil er hat sein Motorrad geschoben, dass man ihn nicht kommen hört, wahrscheinlich schon auf den letzten hundert Metern.

Managemententscheidungen müssen auf langfristige Wertschöpfung ausgerichtet sein, hat der junge Döring gebrüllt und es darf auch keine Kreuzverflechtungen zwischen den Vergütungsausschüssen verschiedener Unternehmen geben, das ist besonders wichtig.

Unten war gerade wieder Ansage, jetzt die Leni und zwar »singen wir auch immer gärne fier das Forstpärsonal, was muss leider heite am Sonntag arbeiten und den Berg hinauf, dass es staubt.«

Der Preuße hat zum jungen Döring gesagt, pah, das lässt sich in der Praxis doch gar nicht durchsetzen, altes Totschlagargument.

Aber der junge Döring, klassischer Konter, wer immer sagt, dass er ein Praktiker ist, der gibt zu, dass er eigentlich von seinem Fach nichts versteht, und er hat genug von den Leuten, die *Corporate Governance* immer mit Management verwechseln.

Der Motorradfahrer hat gewartet, bis die Musik wieder losgegangen ist und dann hat er sich wie eine Katze zum gelben Japaner geschlichen. Jetzt musst du wissen, der gelbe Japaner war noch offen und der Schlüssel im Zündschloss, das machst du gewohnheitsmäßig so, wenn du als Profi im Wald unterwegs bist, weil dann kann dein Kollege dein Auto schnell auf die Seite fahren, wenn du ihm den Weg zugestellt hast und du bist nicht in der Nähe. Das haben sie dem Preußen gleich als Erstes beigebracht, wie er zum Forst gewechselt ist, da bekommst du ja so einen Praxis-Crashkurs, wahrscheinlich wegen *Corporate Social Responsibility*.

Der Motorradfahrer setzt sich also hinter das Steuer und jetzt habe ich gesehen, dass es der Dorfdepp gewesen ist, der Grinser, und er hat seine Militärkappe aufgehabt mit dem roten Stern, weil das brauchst du nicht glauben, dass sich so einer zum Motorradfahren einen Sturzhelm zulegt. Und wenn ich vorhin gesagt habe, dass er ein Schlaukopf war, dann muss ich mich jetzt wiederholen, weil der hat den gelben Japaner gar nicht angelassen, nur Zündung an, Gang heraus, Handbremse heraus und er ist schön langsam ins Rollen gekommen. Den Plan hast du schon durchschaut, dem jungen Döring schräg hinten hinein fahren, rein auf Gravitationsbasis ohne Lärm, damit er es erst in dem Moment merkt, wo ihn der Kühler vom gelben Japaner von der Felsnase schubst.

Der junge Döring hat gerade vom Leder gezogen von wegen *Cadbury Report*, *Greenbury Report* und *Hampel Report*[xxii] und Meilensteine der Coroporate Governance, und deswegen hätte er garantiert nichts gemerkt. Das musst du dir vorstellen wie früher, wenn sie einen Auerhahn gejagt haben, wenn der so richtig bremsig und am Jodeln ist, dann kannst du bequem auf Schussweite hingehen, weil da hört und sieht er nichts mehr, heute natürlich alles verboten.

Aber in dem Moment ist die Olbers Kathi mit ihrem Dienstsuzuki angerauscht, Vollbremsung hinter dem gelben Japaner, dem Geländemercedes und dem Motorrad, die reinste Kraftfahrzeugschau. Jetzt, wenn du wissen willst, warum die Kathi auch noch dahergekommen ist, das habe ich erst hinterher erfahren. Nämlich es waren unten im Publikum ein paar Feinspitzer von den Grünen und die haben unsere Unkrautbläser unter der Musik herausgehört und die haben geglaubt, es sind Motorsägen. Natürlich große Entrüstung, das gibt es nicht, dass die Holzhauer vom Staat auch noch am Sonntag Bäume umschneiden und es wird die Natur gestört und noch dazu das ganze Konzert. Einer hat die Kathi angerufen, böse Beschwerde, kennst du alles und die natürlich ab ins Auto mit einer Scheißwut.

Und damit du verstehst, was jetzt passiert ist, stellst du dir am besten vor, du bist die Kathi. Du hast also eine Scheißwut, weil du musst am Sonntag irgendwelche durchgedrehten Baumumsäger einkassieren, und dann kommst du hin und siehst auf der Felsnase einen stehen, und unten stehen zwei Typen mit komischen Geräten und Gasmasken, denen hält er einen Vortrag. Und ein gelber Japaner rumpelt im Leerlauf auf ihn zu. Dein einziger Gedanke natürlich, du musst etwas tun, dass kein Unglück passiert, und zwar presto.

Wegen dem Auftritt von der Kathi, Drehzahl, Bremsgeräusch und alles, hat es jetzt den jungen Döring aus dem Auerhahnmodus geworfen und er hat sich umgedreht. Und du musst wissen, das ist amtlich, der Mensch, wenn er wirklich in Gefahr ist, dann kann er zwei Sachen nicht, nämlich Schwitzen und Weglaufen. Das hat natürlich schon seinen Sinn, rein evolutionsmäßig, weil vor zweihunderttausend Jahren, da war es nicht besonders wahrscheinlich, dass ein gelber Japaner dich gleich niederfährt, sondern da ist es meistens ein Löwe gewesen oder ein Leopard. Wenn der daherkommt und du rennst weg, dann schaltet er sofort auf Angriff, Reflex hoch drei, und so früh kannst du gar nicht aufstehen, dass du dem sein Tempo packst. Deine einzige Chance, du bewegst dich nicht vom Fleck und hoffst, dass er nichts von dir merkt. Und nebenbei, die schönste Bewegungslosigkeit hilft dir nichts ohne die Schwitzhemmung, weil wenn du interessant riechst für den Löwen, dann ist es schon egal, ob du stillhältst oder Rumba tanzt. Jetzt verstehst du auch, warum der junge Döring einfach stehengeblieben ist, evolutionsmäßig einwandfrei, und wenn es in dem Moment tausendmal nicht gepasst hat, was willst du machen. Ganz besonders schlimm natürlich, wenn du im Moment davor missionarisch mit Corporate-Dingsdi beschäftigt warst. Der junge Döring hat also nur die Augen aufgerissen und sonst nichts, das ist beim Menschen gleichbedeutend, wie wenn du beim Computer die Sanduhr anschauen musst.

Jetzt der Kathi ihre Überlegung, der Grinser muss von seinem Crashkurs auf den jungen Döring herunter. Sie also nichts wie ihre Dreißignullsechs aus dem Auto, damit sie dem gelben Japaner in die Reifen schießen kann. Und auf die Kathi als Schützin lasse ich wirklich nichts kommen, aber man muss auch verstehen, sie hat ja noch die Scheißwut gehabt von vorhin und jetzt soll sie auf einmal ein wildgewordenes Auto bändigen und möglichst dabei nicht den jungen Döring abschießen, da beutelt es dir die Nerven schon anders als normal. Von daher immer noch Respekt, dass sie überhaupt den gelben Japaner getroffen hat. Sie hat gleich noch einen Schuss hinterhergelassen, aber wieder nur Blech und ihre Scheißwut ist immer größer geworden, weil es wieder kein Reifen gewesen ist, und noch einen hinterher und noch einen, ratzfatz Magazin gewechselt und weiter, praktisch die ganze Rückseite vom gelben Japaner in ein Sieb verwandelt.

Wenn du einigermaßen eine Kindheit gehabt hast, dann kannst du dich auch noch an die Kartenspiele erinnern mit Autos, Lokomotiven, Panzern, das war für uns damals das Höchste, Computer die reinste Zukunftsmusik. Wir haben damit immer Stechen gespielt, weil da war auf jeder Karte das Gerät mit allen technischen Daten und wenn du an der Reihe gewesen bist, hast du zum Beispiel gesagt vierhundertzwanzig Stundenkilometer und wenn die anderen nicht mehr gehabt haben, hast du gestochen. Beliebt natürlich auch Motorleistung beim Auto, die war damals immer in PS und nicht in Kilowatt wie heute. Und da fängt es schon an, weil PS, Pferdestärken, da kannst du dir sofort etwas vorstellen aber Kilowatt hundert Prozent Fehlanzeige, da muss ich schon sagen, was dir heute alles als Fortschritt verkauft wird. Mein Lieblingsspiel ist aber eines gewesen mit lauter Weltraumraketen von den Russen, den Amerikanern und den Chinesen. Wenn du jetzt mit Raketen beim Stechen gewinnen willst, musst du natürlich mit der Schubkraft kommen und damals war die Schubkraft noch in Kilopond. Und Kilopond, wenn du nur das Wort sagst, da hörst du es schon, wie die Rakete nach oben donnert, dass es nur so raucht. Aber nein, Kilopond ist jetzt verboten, und wenn du heute eine Rakete baust, dann musst du sagen, die hat soundsoviel Newton, weil mit Kilopond bekommst du sofort eine auf den Deckel. Und ich will dem Newton gar nichts wegtun in seiner Eigenschaft als Genie, aber als Mensch war er der allerletzte Heuler und wenn du Newton sagst, hörst du bestimmt kein Raketentriebwerk.

Jedenfalls, wenn du etwas davon haben willst, dann musst du dir das, was jetzt passiert ist, in Kilopond vorstellen. Weil eine Dreißignullsechs, wie sie die Kathi dem gelben Japaner am laufenden Band hinten hinein geschossen hat, für die ist so ein Karosserieblech ein Butterbrot, die zieht dir direkt ab in den Kofferraum. Und jetzt weißt du noch, in dem Kofferraum, da waren noch die drei Reservelaubbläser und etliche Blecheimer, alles randvoll gestopft mit Wegerein-S. Und wenn dir eine Dreißignullsechs nach der anderen in so ein Pulver hineinfährt, da willst du lieber nicht in der Nähe sein. Dazu kommt, die drei Laubbläser, die waren unter dem Kofferraumdeckel eingeklemmt und haben ausgeschaut wie die Strahlrohre von einem Raketentriebwerk, ich muss sagen, das hat dem gelben Japaner etwas Schneidiges gegeben, in seinen letzten zwanzig Sekunden. Auf jeden Fall die ganzen Dreißignullsechs von der Kathi, wie sie das Wegerein gezündet haben, die haben den gelben Japaner in ein Unkrautpulverraketenauto verwandelt. Und in was für eines, weil es hat scheinbar den meisten Druck zu den Laubbläserrohren hinausgehauen, und ganz ehrlich, ich glaube nicht, dass es viel weniger als zehntausend Kilopond gewesen sind, so wie er auf einmal losgegangen ist.

Hölle und Teufel, hat der Preuße gesagt, und das sagt man als Preuße generell, wenn man sich wundert, aber da hat es jetzt wirklich einmal gepasst. Weil die Flammen aus den Strahlrohren, die haben leicht drei, vier Meter gehabt und so einen Rauch und Gestank und Lärm kannst du dir nicht vorstellen, weil da darfst du nicht von einer sauberen Verbrennung ausgehen. Und jetzt, wenn den jungen Döring die Evolutionsblockade losgelassen hätte, das wäre auch egal gewesen, weil wenn dir ein gelber Japaner mit zehntausend Kilopond entgegenkommt, da schaffst du es nicht mehr über die Straße.

Auf jeden Fall, der gelbe Japaner war immer noch am Beschleunigen, wie er den jungen Döring auf die Hörner genommen hat und der ist von dem Stoß in den Wald hineingeflogen. Und es hat ihn an den Stamm von einer alten Fichte hin, relativ unglücklich, ungefähr zehn Meter über dem Boden, ich habe es nicht genau gesehen, aber ich glaube, es ist ihm bei dem Aufprall sein Kopf abgerissen. Da hast du wieder das Blockuniversum, braucht einer nur ausschauen wie ein dummer Vampir und prompt bekommt er ein Ende serviert, standesgemäß hoch drei. Weil das sagt auch die Literatur, Pflock durch das Herz ist bei einem

Vampir nur die zweitbeste Lösung, aber wenn du ihm den Kopf abmontierst, dann gibt er endgültig Ruhe.

Der Originalplan vom Grinser natürlich hundert Prozent hinfällig mit dem Raketenantrieb, weil die Bremsen von einem gelben Japaner sind nicht auf zehntausend Kilopond ausgelegt, und er muss das Steuer verissen haben, sonst hätte er den jungen Döring garantiert seitlich von der Felsnase hinunter, mehr so mit Spin, und nicht frontal und er gleich hinterher mit Karacho. Weil die Felsnase, die hat gewirkt wie eine Sprungschanze und es hat den gelben Japaner hinauf über die Baumwipfel und er ist hoch am Himmel über das Konzert gedonnert und ich weiß nicht, wie weit er geflogen wäre, aber es ist noch etwas passiert.

Bei uns hat es einmal einen gegeben, der war bei der Bundeswehr und da haben sie hin und wieder Gefechtsvorführungen machen müssen, wenn ein hoher Besuch gekommen ist, zum Beispiel ein General von den Amerikanern. Das musst du dir so vorstellen, der General und sein Gefolge auf einer Tribüne und ein, zwei Kilometer weit weg siehst du Attrappen von irgendwelchen Feindfahrzeugen, und jetzt fliegen die eigenen Jets einen Angriff auf die Attrappen und vielleicht fahren darunter Panzer, die schießen natürlich auch, und die Attrappen haben einen saumäßigen Tag. Aber die Attrappen sind weit weg und ein amerikanischer General ist meistens Brillenträger und er ist auch nur ein Amerikaner, sprich visueller Typ hoch drei. Deswegen goldene Regel, damit es für einen amerikanischen General passt, muss der Angriff optisch ein Erfolg sein und lieber eine Nummer größer. Darum haben sie die Attrappen vorher immer dermaßen mit Benzinkanistern vollgestellt, dass oben noch welche herausgeschaut haben. Und wenn du eine Attrappe so präparierst und sie bekommt einen Treffer, da zieht es dir noch durchs Fernglas einen Scheitel.

Jedenfalls, das weißt du noch, der ganze Rücksitz vom gelben Japaner, der war ja auch mit Benzinkanistern zugestapelt, beste Qualität Zweitaktermix, praktisch System Bundeswehr, und die hat es in dem Moment erwischt, wie er schon fast über das Konzert hinüber gewesen ist. Wahrscheinlich vorher Ausgasung wegen Hitze und Verschlüsse undicht, und der ganze Innenraum voll Benzin-Luft-Gemisch, explodiert wie die Seuche, bei dem Feuerball hast du ein Gefühl für die Supernova bekommen. Wer das gesehen hat, das Erlebnis kann dir keiner mehr nehmen, aber in dem Moment weißt du es nicht zu schätzen. Ich sage nur, gut dass der gelbe Japaner recht hoch unterwegs gewesen ist, jetzt hat er sich einigermaßen fein in der Landschaft verteilt, nur der Motorblock ist am Stück bei der Schwartelmeierhütte durch das Dach gefahren und die Zwischendecke hat auch nicht gehalten. Natürlich, es hat allerhand heißes Zeug geregnet und ein paar Verbrennungen waren schon dabei, aber nichts wo du sagst, das ist jetzt ein Schönheitsfehler, über den die Liebe nicht hinwegkommt, und es hat auch niemanden ein Teil erschlagen, was willst du mehr.

Panik im großen Stil, kannst du dir vorstellen, wer zu Fuß weggerannt ist, war am schnellsten, die Autos alles verkeilt, die Hupen und das Geschrei hast du bis zu uns hinauf gehört.

Der Preuße und ich oben, ich glaube, das war einfach eine Schockstarre, weil so schnell, wie das alles passiert ist, bekommst du es nicht verarbeitet und wenn du zweimal der Einstein bist. Ich war auf einmal wieder bei mir, wie die Olbers Kathi mich anbrüllt, dass der Wald brennt und wir müssen sehen, dass wir wegkommen. Weil der gelbe Japaner hat schon vom Schanzentisch weg pausenlos heißes Zeug getropft, lang bevor es ihn zerrissen hat, was glaubst du bei einem Zufallsraketenauto. Und die ganze Streu im Wald, trocken wie altes Brot, da hat der Regen zwischendurch kaum etwas ausgemacht. Vielleicht kennst du noch die alten Plakate »Ein Wald ist schnell zu Asche gemacht«, von wegen, dass du nicht zündeln sollst, das habe ich erst an dem Tag richtig verstanden. Weil das hat zehnmal so laut gedonnert wie der gelbe Japaner als Rakete, wie jetzt das Feuer von unten den Hang heraufgekommen ist. Erst hat nur die Bodenstreu gebrannt, aber so schnell kannst du gar nicht schauen, wie es in den Baumkronen gewesen ist. Am Anfang spürst du nur einen warmen Aufwind, aber dann wird es ganz schnell ein Sturm, dass du meinst, jetzt reißt dich die heiße Luft gleich nach oben mit und nur deine Schuhe bleiben unten. Von dem ganzen Rauch über dem Wald ist es richtig dunkel gewesen und der Kathi ihr Gesicht hat geleuchtet von dem Feuerschein, wie sie noch einmal geschrien hat, ich soll endlich mitkommen.

Ich habe gesagt, wo ist der Preuße.

Sie hat auf die Felsnase gedeutet, und da war er. Wie angewachsen. Ich hinauf zu ihm, Preuße, sage ich, komm jetzt, es pressiert langsam. Aber keine Spur von ansprechbar. Er hat immer nur geradeaus geschaut, in das Inferno hinein, und er ist mir so vorgekommen wie der Hobbit im Schicksalsberg von Mordor, wenn du weißt, was ich meine. Die Kathi hat ihn gebeutelt, ich habe ihn gebeutelt, wir haben ihn angebrüllt. Nichts zu machen. Meine Karriere, hat er immer wieder gesagt, aber ganz leise.

Ich habe gesagt, es geht jetzt nicht mehr um seine Karriere, scheiß der Hund darauf.

Da hat es ihn gerissen und er hat fast normal ausgesehen.

»Wo ist der L-o-i-s-i?«, fragt er.

Gut dass die Kathi gerade zurückgerannt ist, weil sie wollte ihr Auto holen, sonst hätte ich noch Schwierigkeiten bekommen. Weil mich hat auf einmal ein Hass auf den Preußen gepackt, du machst dir keinen Begriff, weil das ist ein uralter Hass gewesen, einer von der genetischen Sorte. Und wenn es deine Gene ernst meinen, dann sagen sie dir, wo es lang geht, das kannst du mir glauben. Auf jeden Fall, meine Gene haben gekreischt wie die Furien, es reicht endgültig, ich soll mir das saublöde Gesicht nur anschauen, diese Filzlaus von einem Vollidioten, ob ich es vielleicht vergessen habe, dass er die Maxi haben will und bevor er sie bumst, schickt er sie aufs Gesundheitsamt, und ich Träne schaue noch zu dabei, da muss man ja kotzen, wenn man meine Gene ist. Ob ich es immer noch nicht kapiert habe, mein einziger Job auf dieser Welt, dass ich meine eigenen Gene in die nächste Generation bringe und nicht die vom Preußen, verdammt noch einmal. Die Preußengene, haben sie gesagt, sind ja blöd genug, dass sie mir noch erzählen, was sie mit der Maxi vorhaben, das schreit ja danach, dass die weg müssen, da wären Jahrmilliarden Evolution umsonst gewesen. Und meine Gene haben noch gesagt, ganz leise auf einmal, wenn ich mich jetzt nicht sofort engagiere für sie, dann kann ich mich auf etwas gefasst machen, für den Rest meines Lebens.

»Wo ist der L-o-i-s-i?«, fragt der Preuße noch einmal.

Und ich habe irgendwo nach unten gedeutet, auf das Springkraut und das Feuer und ich habe mich sagen hören, da irgendwo habe ich ihn eben noch gesehen. Der Preuße schaut mich kurz an und dann ist er losgerannt, einfach hinunter, da hättest du glauben können, es hat gar nicht gebrannt. Ich habe ihm hinterhergeschaut und es hat irgendwie alles gepasst für mich, obwohl du es vor Hitze schon kaum mehr ausgehalten hast, und überall wo der Aufwind gerade eine Pause gemacht hat, sind die Ascheflocken heruntergekommen. Das hat mir gefallen und meine Gene haben gesagt, gut gemacht, endlich springt die Konkurrenz über die Klinge. Und wenn deine Gene mit dir zufrieden sind, dann bist du auch zufrieden, das kannst du dir merken.

Der Kathi ihr Dienstsuzuki ist hinter mir stehen geblieben, sie ist hergerannt, hat mich angeschrien, warum ich den Preußen nicht aufgehalten habe und wo er hin ist. Wahrscheinlich habe ich sie angegrinst, weil sie hat gebrüllt, ob ich jetzt auch verrückt geworden bin. Auf einmal war der Loisi neben ihr und in dem Moment war ich wieder normal, da glaubst du auch langsam, dass eine Haustiertherapie doch etwas hilft. Aber vielleicht ist es auch die Bockschelle gewesen, die mir die Kathi hineingehauen hat, dass ich mich wieder fange. Und das verstehst du auch, wenn du auf einen Schlag kapierst, dass du vielleicht einen Menschen auf dem Gewissen hast, dann tust du alles, damit es vielleicht doch nicht passiert. Ich habe der Kathi gesagt, sie soll auf den Loisi aufpassen, weil der kann am allerwenigsten dafür, und dann bin ich hinunter, dorthin, wo ich den Preußen zuletzt gesehen habe.

Ich weiß ja nicht, wie es dir geht mit Beerdigungen, aber ganz ehrlich, wenn ich eine Einladung auf eine

Beerdigung habe, da lasse ich jede Taufe stehen, Geburtstagsfeier und Hochzeit sowieso. Weil auf einer Beerdigung, wenn es nicht gerade jemand ist, der dir ernstlich abgeht, da kannst du den Menschen studieren, mit seinen ganzen Widersprüchen und allem, du musst dich nur ein bisschen abseits hinstellen, damit du alles überblickst. Wirklich, so etwas schaue ich mir gern an und es tut niemandem weh. Weil ich gehe ja nicht hin und erzähle der Familie, es ist so furchtbar für mich, dass es einen von ihnen zerlegt hat und es ist die Vollkommenheit in Person von uns gegangen, und ich weiß noch genau, wie er sich sein erstes Auto gekauft hat. Und wenn einer sagt, er möchte ewig leben, dann sage ich, er hat in Wirklichkeit nur Angst vor dem Sterben, oder er hat nicht richtig nachgedacht, weil im Ernst, wie willst du die Vorstellung von der Ewigkeit packen. Auf jeden Fall, ich will nicht alles mitmachen müssen, was noch kommt, das kannst du mir glauben. Da wenn sie einen hinunterlassen, denke ich mir, sei froh, Sportsfreund, jetzt hast du es geschafft, weil anders wirst du das Blockuniversum eh nicht los.

Ich war ja erst gestern auf einer Beerdigung, und das ist schon interessant. Sie haben nämlich den alten und den jungen Döring eingegraben, wobei, ich weiß nicht, was in den Särgen drinnen gewesen ist. Weil von denen haben sie garantiert nichts mehr gefunden, ein Ding der Unmöglichkeit. Offizielle Lesart, ein Unglück, beide im Jagdrevier vom Alten unterwegs, wie es gebrannt hat und vom Feuer eingekreist, kann passieren. Und ich sage immer, bei so einer Beerdigung, da siehst du, ob einer systemrelevant gewesen ist oder nicht, und in dem Fall hat es ja praktisch die lokale Finanzelite zerrissen. Ich kann dir sagen, da ist der Friedhof zu klein geworden vor lauter Leuten, hätte sich rentiert, wenn sie es auf den Marktplatz übertragen hätten mit einer Videowand oder so etwas, bekommst du ja heute schon nachgeworfen.

Natürlich Ansprachen ohne Ende, beim jungen Döring hat sogar einer dem sein ganzes Studium an der Uni von Wasweißich rekapituliert. Gut dass er nichts vom Corporate gesagt hat, sonst hätte ich doch noch einen Anfall bekommen. Auch interessant, der alte Döring ist ein kompletter Autodidakt gewesen, aber damit er neben seinem dummen Vampir von einem Ableger nicht so schlecht dasteht, hat es geheißen, er hat an der Universität des Lebens studiert. Das hat einer wie der nicht nötig, aber wenn du dir vorstellst, in Amerika sind sie ja heute schon so weit, da sagen es die Leichenredner, wenn einer einen Kurs auf der Weber-Grill Academy gemacht hat. Da muss man direkt froh sein, wenn es nur die Universität des Lebens ist. Der Minister, der [redacted]i, hat sich entschuldigen lassen, aber einer war da, da hat es geheißen, ein Freund der Familie, und ich habe zweimal hinschauen müssen, schade dass es der Preuße nicht sehen hat können. Weil es ist wirklich der Steuerhinterzieher vom Preußen gewesen, auf Kurzurlaub von seiner staatlichen Unterbringung. Vielleicht hat der sogar den Hubertus auf die Idee gebracht, dass der Preuße eventuell ihm und dem Lansky hinterher ist, gebranntes Kind hoch drei, und die Undercover-Bärenermittlung auch nur eine Tarnung. Da ist schnell einmal ein kleiner Warnhinweis auf ein Hüttenplakat geschrieben, nur für den Fall. Aber ich meine, du kannst den Dörings keinen Vorwurf machen, dass sie sich um dem sein Geld gekümmert haben. Kann dir auch passieren, da glaubst du, du kennst einen Menschen sein Leben lang und, große Enttäuschung, dann zahlt er seine Steuern nicht. Hat nicht jeder die legalen Möglichkeiten wie ein Schwartelmeier, der kann in seiner Berghütte Betriebsausgaben versenken, dass der Fiskus vom Glauben abfällt. Auf der anderen Seite muss man den Schwartelmeier auch verstehen, weil an einem Leichenschmaus ist ja heute schon vor Steuern nichts mehr verdient.

Aber Beerdigungen sind verschieden, da sage ich dir nichts Neues. Für den Dorfdeppen, also den Grinser, war gestern auch so etwas Ähnliches, aber so früh am Morgen, dass es noch gar nicht richtig Tag war, quasi Aufwärmübung für den Pfarrer, damit er alles geben kann, wenn er hinterher die Dörings eingräbt. Und wenn sie schon von denen nichts mehr gefunden haben, dann erst recht nichts vom Grinser, ich meine, den hat es ja atomisiert in aller Gründlichkeit. Auf jeden Fall, wenn sie einen beerdigen, der mir das Leben gerettet hat, da gehe ich hin und wenn es mit dem Eingraben noch so hapert, mangels Substanz. Und wenn du den Pfarrer nicht mitzählst und auch nicht die alten Schachteln, die den ganzen Tag zwischen der Kirche und dem Friedhof pendeln, dann bin ich ein Viertel von der Trauergemeinde gewesen. Jetzt weiß ich nicht, ob du schon einmal einen John Deere mit Trauerbeflaggung gesehen hast. Den Grunzer hat es ziemlich mitgenommen, und wenn du quasi unvorbereitet ganz oben in der Dorfdeppenhierarchie gelandet bist, dann musst du mit der Verantwortung erst einmal zurechtkommen.

Jetzt, damit du dich nicht verschätzt mit der Systemrelevanz vom verstorbenen Grinser. Es waren noch zwei andere da, zwei südländische Typen mit Sonnenbrillen, teure Anzüge, kein Wort gesagt, da haben die alten Schachteln etwas gehabt zum Anschauen und Maulzerreißen. Aber ich habe Bescheid gewusst, weil der Ministerialdirektor hat es mir vorher gesagt, im Vertrauen. Der Grinser ist nämlich gar kein echter Dorfdepp gewesen, sondern ein leibhaftiger kubanischer Militärattaché. Und angenommen, du bist ein deutscher Militärattaché und du sollst dich auf Kuba ein wenig umschauen, dann ist es gar nicht so dumm, wenn du auch einen Dorfdeppen machst. Auf einmal bist du da, niemand weiß woher, und es dauert nicht lange, da hast du schon immer dazugehört. Und du kommst überall hin, weil ein billiger Hilfsarbeiter und der versteht nicht mehr, als es absolut sein muss, so einer ist heute wieder eine gefragte Kraft, wenn es irgendwo halbseiden zugeht. Da musst du als normaler Geheimagent schon siebzig Stunden in der Woche Dienst schieben, damit du auf die gleiche Ausbeute kommst wie ein Dorfdepp an einem guten Nachmittag.

Man kann jetzt nur spekulieren, hat der Ministerialdirektor gesagt, wie die Kubaner darauf gekommen sind, dass sie einen Spion in dieses Kaff schicken. Wahrscheinlich haben sie mitbekommen, dass der Lansky-Clan wieder auf Kuba ins Geschäft kommen will, und wenn sie den Lansky ausspioniert haben, dann haben sie das mit den Pflanzen auch gewusst, sprich Briefwechsel. Und ein kommunistisches Regime ist ja keine Heilsarmee, die haben an so etwas natürlich ein Eigeninteresse.

In dem Schuppen, wo der Grunzer den John Deere gehabt hat, da haben sie so eine Nische gefunden, eine Art Verschlag, das ist das Versteck vom Grinser seiner Fünfhunderter Yamaha Enduro gewesen. Die hat er natürlich nur sparsam einsetzen können, weil sonst Widersprüche mit der Dorfdeppenrolle. In der Nacht ist es etwas anderes, aber er ist trotzdem zu langsam gewesen, wie die zwei Gehilfen vom Lansky den offiziellen Kubaner ins Springkraut geschmissen haben. Die waren schon wieder auf dem Weg nach unten, wie er dahergekommen ist, und wenn dir auf einmal eine Fünfhunderter Enduro entgegenkommt, ohne Rücksicht auf Verluste, da hast du schnell einmal deinen letzten Fahrfehler gemacht. Jetzt musst du daran denken, so ein Kubaner wie der Grinser, der hat ja ein südländisches Ehrgefühl, das kann sich unsereins gar nicht vorstellen. Wenn dir da eine Aktion dermaßen in die Hose gegangen ist, sprich du hast deinen Chef nicht retten können, dann musst du das auswetzen, sonst bleibst du am besten gleich ganz der Dorfdepp, weil daheim kannst du dich nicht mehr blicken lassen. Darum besonderes Auge und besonderen Hass auf den jungen Döring, da kann ich froh sein, dass er das so gesehen hat, sonst könnte ich auch schon mit den Engeln singen.

Wie der Pfarrer fertig gewesen ist, bin ich vor die Kirche hinaus und es ist ein richtiger schöner Sommermorgen gewesen, so wie an dem Tag, wo es passiert ist. Und ich habe mir gedacht, wie harmlos das Blockuniversum manchmal ausschauen kann. Die zwei Kubaner mit den Sonnenbrillen und den teuren Anzügen sind aus der Kirche gekommen und sie haben nichts gesagt, aber sie haben mir ein Foto vom Professor gezeigt. Ich habe den Kopf geschüttelt, sprich ich weiß nicht, wo er steckt und es ist auch die Wahrheit gewesen. Dann haben sie mir die Hand geschüttelt, irgendwie feierlich, vielleicht weil man zur Familie gehört, wenn einem ein Kubaner das Leben gerettet hat, vielleicht wegen dem Preußen, weil sie gedacht haben, dass wir besonders gute Freunde gewesen sind, oder vielleicht sind die Kubaner überhaupt so. Dann sind sie weggefahren, mit einem schwarzen BMW.

Eine von den alten Schachteln, du musst dir vorstellen, Kopftuch, krummer Rücken, Zehnliterhandtasche und alles, hat sich neben mich gestellt. Sie hat sich eine Zigarette angezündet und sie hat gesagt, so einen von denen würde sie auch nicht von der Bettkante stoßen. Ich bin gegangen, weil ich habe mir gedacht, sonst kommt auch noch der Grunzer und macht mir ein Liebesgeständnis.

Der Ministerialdirektor hat mir gesagt, es wird demnächst den parlamentarischen Untersuchungsausschuss »Waldbrand« geben und ich soll mich darauf einstellen, dass ich hinzitiert werde, weil die Opposition will die Geschichte vom Meteoriteneinschlag nicht schlucken und er empfiehlt mir dringend, dass ich mich an die Variante halte, die er mir gerade erklärt hat. Dummerweise, sagt er, sind die Holzpreise wieder richtig gut, jetzt gibt auch der Finanzminister keine Ruhe, ein Quadratkilometer ist und bleibt ein Quadratkilometer.

Ich habe gesagt, schuld an allem sind doch die Italiener mit ihrem Bären, ob man nicht sagen kann, der Sender war schon seit längerer Zeit hin, ganz offensichtlich, und dann hat er auch noch einen Kurzschluss bekommen und davon ist er so heiß geworden, dass der Bär ihn sich mit Gewalt herunter hat. Und dann ist der Sender auf dem Boden gelegen, alles trockene Nadeln und Laub, und von der Kurzschlusshitze ist dann der Brand ausgebrochen. Dann könnte man doch die Italiener auf Schadenersatz verklagen, Verursacherprinzip hoch drei.

Und der Feuerball, fragt der Ministerialdirektor.

Vielleicht ein verstecktes Sprengstofflager von den Nazis, das sie dort eingegraben haben, die haben eh das ganze Gebirge unterminiert, und wie es heiß geworden ist, zackbumm Feuerball. Und damit haben die Italiener mit ihrem Bärensender auch noch eine historische Stätte auf dem Gewissen. Und die Nazi-Idee ist gar nicht von mir gewesen, weil du glaubst es nicht, der Schwartelmeier kann sich gar nicht mehr retten vor lauter Verschwörungsesoterikern, die wollen alle die Hütte mieten, damit sie genau herausfinden, was es gewesen ist. Aber sie wissen es eh schon vorher, und es ist alles dabei von Aliens mit einer Ufopanne bis eben zu Geheimforschungen von den Nazis.

Der Ministerialdirektor hat gesagt, das ist einmal eine Idee, und er hat gleich mit einem Ingenieur telefoniert. Aber Enttäuschung.

Schade, sagt er, offenbar hätte die Batterie bei einem Kurzschluss nicht ausreichend Hitze hergebracht. Dann hat er ein paar Minuten überlegt. Wissen Sie was, sagt er, wir probieren es trotzdem.

Es wird ja immer viel über die Wissenschaft geschimpft, das darf sie nicht herausfinden und das auch nicht, weil viel zu gefährlich und wenn die Wahnsinnigen das in die Finger bekommen, dann beherrschen sie bald die Welt. Unsinn hoch drei, wenn du mich fragst, weil du musst davon ausgehen, die Wahnsinnigen beherrschen die Welt schon lange. Von daher für mich völlig in Ordnung, dass jetzt der Bubu den Auftrag bekommen hat, dass er sich mit dem Springkraut weiter befasst, rein wissenschaftlich. Ich meine, dem Zeug im Treibhaus hat es ja kein einziges Blatt angebrannt, damit kann der Bubu jetzt züchten und was weiß ich alles, wie er will. Vielleicht bringt er dem Gestrüpp auch noch bei, dass es mit ihm Kaffee trinkt und nicht nur Leberkässemmeln frisst. Und wenn es der Bubu nicht macht, dann eben ein anderer, haben ja alle einen Sprung in der Schüssel. Und ich weiß vom Ministerialdirektor, dass an der Erforschung auf einmal so etwas wie ein staatliches Interesse besteht, auf dem Gesundheitssektor selbstverständlich, da schläfst du jetzt ruhiger.

Noch eines, nur damit du siehst, dass ich auch ein Gespür für die feinen Unterschiede habe. Weil das habe ich schon gemerkt, das Wegerein vom Professor, das war rein sprengtechnisch ein anderes Kaliber als das Unkraut-Ex aus meiner Kindheit. Jetzt habe ich recherchiert und Erkenntnis, das Wegerein von der DDR, das hat »Wegerein-K« geheißen. Und das Wegerein vom Professor war aber »Wegerein-S« und es ist aus Stasibeständen gewesen, jetzt ahnst du es schon. Weil bei der Stasi, da haben sie zum Natriumchlorat, das hätte es ja schon getan, rein für das Unkraut, auch gleich noch den Puderzucker hinein. Weil es ist ja nichts lästiger, wenn du eine verdeckte Aktion hast und es pressiert, und dann musst du den Sprengstoff erst noch zusammenmischen. Trotzdem immer noch unschlagbar als Unkrautmittel und ideale Tarnung, nur haben sie auf die Eimer »Wegerein-S« geschrieben, S für »Spezial«, damit sie in der Eile nicht doch einmal das falsche einpacken, weil wenn sie so etwas vergeigt haben, da sind Köpfe gerollt, da hat der Mielke nichts gekannt.

Da hast du auch wieder das alte Lied vom Kommunismus und vom Kapitalismus. Die Kommunisten, da langt das Geld nicht, da müssen sie Unkrautmittel panschen, damit sie einigermaßen einen Sprengstoff bekommen. So ein Kapitalistengangster wie der Lansky, garantiert hat der eine ganze Fabrik für Zahnpasta und wenn er etwas braucht für eine Gruppe, die irgendwo in Kuba den Weg freimacht, kleine Produktionsumstellung, da muss er nur einen Knopf drücken und es kommt eine Stunde lang Plastiksprengstoff in die Tuben, fertig. Und glaube nur nicht, dass sie den Lansky bei uns behalten haben, von wegen Verstrickung und Befragung. Einem echten Lansky kannst du eh nichts beweisen, und das riskieren die Unseren nicht, dass uns die Amerikaner deswegen die Freundschaft kündigen und alles. Weil du musst davon ausgehen, einer wie der Lansky ist dort systemrelevant.

Wenn du jetzt wissen willst, was passiert ist, wie ich dem Preußen hinterhergerannt bin in die ganze Katastrophe, dann könnte ich dir die Geschichte von der toten Sau erzählen, quasi aus erster Hand und du musst es glauben. Aber ganz ehrlich, totaler Blackout, ich weiß noch, dass es furchtbar heiß gewesen ist und ich habe keine Luft mehr bekommen. Das Nächste, was ich weiß, alles ist schwarz gewesen, aber lauter Aufregung, Geschrei und Sirenen und ganz nah der Olbers Kathi ihre Stimme, dass der Preuße und ich die zwei größten Vollidioten sind, die sie in ihrem Leben kennengelernt hat. Scheinbar hat ein Sanitäter gefragt, wer wir sind.

Der Fredl hat es mir dann erzählt, weil dem hat es einer von der Kathi ihren Förstern gesagt, die Kathi hat den Preußen und mich unten liegen sehen, und sie hätte sich mit dem Herauftragen für einen von uns entscheiden müssen und der andere wäre verbrannt, so nah ist das Feuer schon gewesen. Aber an der Kathi ihrem Dienstsuzuki hat sie eine Seilwinde gehabt, weil wie willst du sonst eine geschossene Wildsau aus dem Unterholz bekommen. Und da ist die Kathi hinuntergerannt und sie hat dem Preußen und mir das Seil um die Füße und Vollgas auf der Winde den Hang hinauf. Mir hätte es fast den Arsch aufgerissen, an einem Stein, tut immer noch alles weh, aber ich will mich nicht beschweren. Wie die Feuerwehr gekommen ist, war sogar ein Hubschrauber dabei, da hat die Kathi gleich die Einsatzleitung übernommen, so schnell haben die Feuerwehrler gar nicht schauen können, sprich natürliche Autorität. Der Fredl hat gesagt, der Kreisbrandrat hat einen Weinkrampf bekommen, weil der war auf dem Papier der Chef, aber die Kathi hat ihn zum Brotzeitholen geschickt, damit er nicht im Weg herumsteht.

Ich weiß dann nur im Krankenhaus, da war ich immer wieder einmal kurz da, einmal der Maxi ihre Stimme, wie sie zum Doktor sagt, sie wird »exträm bäse«, wenn er nicht auf mich aufpasst, weil »wir sind sähr gute Freinde.« Ich habe mich konzentriert, ob ich nicht einen Hauch von ihrem Duft mitbekomme, aber im Krankenhaus kannst du nichts machen vor lauter Desinfektionsmittel. Und sie hat gesagt, hoffentlich kann ich sie hören, sie kann nicht bleiben, aber dass ich bald Post von ihr bekomme. Da habe ich zu mir gesagt, jetzt kannst du schlafen, keine Chance für den Preußen, und jede Wette, das ist an der Maxi gelegen, dass ich so schnell wieder gesund geworden bin, weil das Psychische macht schon viel aus, meine Meinung.

Auf jeden Fall habe ich vorhin den Preußen besucht, weil den hat es ganz anders traumatisiert als mich, sagt der Doktor. Auf der Station war eine Schwester, vielleicht habe ich mir das eingebildet, aber da war schon eine deutliche Ähnlichkeit mit der Maxi und die habe ich vorher nicht gesehen. Da hast du natürlich gleich wieder Zweifel, ob es an deinem Krankenbett nicht einfach die Schwester gewesen ist und der Rest geht auf das Konto Wunschdenken. Jedenfalls, die Schwester hat mich zum Preußen gebracht, natürlich privat versichert und Einbettzimmer, und es hat sich kaum etwas verändert, außer dass es jetzt weniger Schläuche gewesen sind, aber der Preuße immer noch völlig weggetreten, ein Bild des Friedens mit seinem Blasengelgesicht, dass du fast »Schlaf in himmlischer Ruh« singen möchtest. Die Schwester hat gesagt, er wacht immer wieder auf, für ein paar Minuten, und dann redet er mit sich selbst, aber der Doktor macht sich Sorgen. Weil es ist ganz normal, dass sie in so einer Situation fixe Ideen entwickeln, aber in der Intensität haben sie es noch nicht gehabt. Ich habe gefragt, was er denn erzählt.

Viel von einem Maxi, hat sie gesagt, ob das sein Sohn ist.

Ich habe gesagt, nein, das glaube ich nicht.

Aber noch mehr, sagt sie, vielleicht fünfmal so oft, hat er es mit seiner Karriere, regelrecht beängstigend, da kommt er ihr immer vor wie der Gollum, wenn ich den Film gesehen habe.

Du glaubst nicht, was mir da für ein Stein vom Herzen gefallen ist. Ich habe gesagt, Schwester, jetzt wird er wieder.

Wir bei uns glauben ja immer, wir haben das Maximum an gesellschaftlichem Fortschritt und alles, aber schau dir zum Beispiel die Tschechen an, seit die wieder dürfen, wie sie wollen, da kannst du nichts sagen. Und wie ich den Brief aus Prag aus dem Postkasten geholt habe, da habe ich zum Blockuniversum gesagt, bleib wie du bist. Der Umschlag war parfümiert, aber nicht dass du denkst, sie hat einen halben Liter Patschuli darüber gekippt, sondern nur ein Hauch, da merkst du gleich, was es für eine Frau ist. Ich habe den Umschlag ganz sanft aufgeschnitten und es war eine Einladungskarte. Absenderin ist die Maxi gewesen, aber unterschrieben haben es alle zwei, sie und die Leni. Und es war in so einem Böhmisch-Deutsch mit lauter süßen Fehlern. Sie haben geschrieben, wie es mir geht und dass sie sich am Sonntag in drei Wochen das Jawort geben und sie würden sich sehr freuen, wenn ich komme und der Preußi ist auch herzlich eingeladen, wenn er schon wieder gesund ist. Da kannst du sehen, bei den Tschechen gibt es auch so etwas wie eine eingetragene Lebenspartnerschaft. Alles in Ordnung und ok, aber da war ich am Boden, das kannst du mir glauben.

Blockuniversum, habe ich gesagt, wenn es dich gibt, du bist die allerletzte Drecksau, und wenn du jemals etwas von mir brauchst, dann probiere es erst gar nicht. Dann ist mir der Einstein eingefallen, das Bild wo er die Zunge draußen hat und dann habe ich lachen müssen, bis ich keine Luft mehr bekommen habe. Und ich habe mir gedacht, das werde ich als Erstes dem Preußen hinreiben, wenn er wieder kann. Vielleicht sage ich der Schwester, sie sollen ihm einmal probeweise die Profi-Pinnwand ans Bett stellen, weil die hat er positiv mit Karriere konditioniert und gut möglich, dass es dann schneller geht.

Jetzt wenn du glaubst, ich fahre nicht nach Prag, von wegen Enttäuschung und beleidigt, dann hast du falsch kalkuliert, weil wenn einen eine wie die Maxi einen Freund nennt, dann ist es trotzdem etwas, ganz egal, auf welchem Ufer sie unterwegs ist. Übrigens, du sollst die Tiere nie unterschätzen, weil dass es der Loisi geschafft hat, das hast du ja mitbekommen. Wahrscheinlich hat er schon gespürt, es wird brenzlig, wie der Grinser alias Militärattaché in den gelben Japaner hinein ist, ich sage oft, da ist ein Instinkt einem Verstand weit über. Und so ein junger Hund ist gleich zwischen den Beinen durch und zum Auto hinaus, so schnell kannst du gar nicht schauen. Jetzt hockt er in einem Tierheim, weil die Restfamilie Döring hat nicht wirklich Lust auf ihn. Ich habe mir vorgenommen, dass ich ihn mitnehme, nach Prag. Weil wenn du den ganzen Tag im Tierheim steckst, dann freust du dich über jede Abwechslung, und der Loisi kann am allerwenigsten dafür, meine Meinung.

***

Für den Fall, dass dich die Details interessieren.

Es kann ja sein, dass du noch jung bist und noch nicht so viel herumgekommen in der Welt. Und die jungen Leute sagen ja immer, niemand erklärt uns etwas, und da will ich mich nicht schuldig fühlen, weil Wissbegierigkeit ist ja heute praktisch die größte Tugend, meine Meinung. Jetzt hast du dich vielleicht schon gewundert über die kleinen römischen Zahlen im Text, und wenn du dich gewundert hast, dann bester Beweis, dass du noch etwas dazulernen kannst. Weil zu jeder Zahl habe ich etwas für dich aufgeschrieben, damit du dich besser auskennst, warum und wieso.

i Damit du es mir wirklich glaubst: Die Sendung heißt »Oli's wilde Welt« und Tatsache, es gibt sie immer noch. Was den Klugscheißer betrifft, weiß ich es nicht genau, aber ich glaube, den haben sie jetzt zum Stempeln geschickt. Da kannst du einmal sehen, das ist der Dank an die Helden der Kindheit.

ii Annahme zum Beispiel, du hast Konzertpianist studiert, aber du willst ab sofort von Beruf ein Bierfahrer werden, nur damit du es dem Blockuniversum einmal zeigst. Aber da darfst du dich nicht täuschen, du hast dich trotzdem nicht für den Bierlaster entschieden und gegen den Konzertflügel, sondern du hast dich so entscheiden müssen, da ist das Blockuniversum konsequent. Und wenn das Blockuniversum mit dir vorhat, dass du der nächste Bundespräsident wirst, dann kannst du werden wollen, was du willst, das gehört alles dazu und trotzdem egal, weil das ist dann einfach dein Weg ins Schloss Bellevue. Hinterher wunderst du dich vielleicht und du sagst, was es nicht alles gibt, eigentlich habe ich ein Bierfahrer werden wollen, rein aus Trotz, aber ich habe es nicht geschafft und jetzt bin ich der Bundespräsident. Und als Bundespräsident musst du ja immer einen Gag parat haben, wenn du merkst, ein Staatsempfang kippt ins Langweilige, und mit der Geschichte Lage gerettet in nullkommanichts und der Gast aus Nigeria lacht wieder. Aber was du leicht vergisst, das Blockuniversum lacht mit.

iii Ein Ministerialdirektor ist ein verflucht hohes Tier. Das musst du dir merken.

iv Wenn du jetzt glaubst, eine Dreißignullsechs ist etwas aus der Tiermedizin, sprich Beruhigungsspritze für einen Bären, dann musst du teilweise umdenken. Weil nimm zum Beispiel einen Narkosearzt, wenn dich der ins Traumland schickt, dann ist es für ihn genauso wichtig, dass du später wieder zurückkommst, gut ausgeschlafen und alles. Mit der Dreißignullsechs ist das Konzept einseitiger, weil damit kannst du einen Bären schon beruhigen, aber danach ist er nur noch als Bärenschinken geeignet. Das muss man vorher wissen, sonst natürlich Enttäuschung hoch drei. Weil die Dreißignullsechs ist eine Jagdpatrone und je nachdem, wenn du Dreißignullsechs sagst, meinst du entweder nur die Patrone oder das passende Gewehr. Nullsechs steht übrigens für das Jahr neunzehnhundertsechs und dreißig ist ungefähr der Geschoßdurchmesser in hundertstel Zoll. Und weil ich an deiner Sicherheit interessiert bin, eine Dreißignullsechs ist schon die Untergrenze für einen Bären. Probiere es nicht mit der Flobert vom Großvater, weil auf den Bären wirkt so etwas störend, und er macht sich vielleicht Gedanken, wie er dich loswerden kann.

v Populärer Irrtum hoch drei, meine Meinung.

vi Wenn du dich auskennst, dann sagst du jetzt vielleicht, Moment, um den ersten Bären hat sich doch das Umweltministerium gekümmert. Aber denen ist es damals vergangen, die haben gleich gesagt, beim nächsten Bären jemand anders bitte. Und jetzt haben sie sagen können, Verursacherprinzip, der Bär ist im Staatswald verschwunden, den sollen schön die wiederfinden, die ihn verschlampt haben. Sehr ärgerlich, wenn der Ministerpräsident das auch so sieht, dann kannst du als Forstministerium protestieren, aber du kannst es auch bleiben lassen, weil zwecklos hoch drei.

vii Das wird dir jetzt nicht gefallen, aber es kann sogar sein, dass der Einstein das gar nicht gesagt hat, sondern der Bienenzüchterverein hat es dem Einstein in den Mund gelegt, aber da hat er schon nicht mehr gelebt. Weil als Bienenzüchterverein hast du natürlich die meiste Ahnung von den Bienen, aber es hört dir keiner zu, da kannst du mit dem Einstein das Bienenimage schon ganz anders aufpeppen. Trotzdem ist es ein Unsinn, dass wir als Menschheit ohne die Bienen die Kurve kratzen müssen, sprich Getreide und Windbestäubung, und es gibt in der Branche auch noch andere Insekten. Aber vielleicht ist es schade, dass es so ist, weil sonst würden wir besser auf die Bienen aufpassen.

**viii** So etwas kannst du dir als Zivilisation nur leisten, wenn du einen echten Bären nur aus dem Fernsehen oder höchstens aus dem Tierpark kennst, meine Meinung. Und das kann mir keiner ausreden, die im Tierpark sind gespritzt bis zur Halskrause, damit sie nicht gleich jedem eine schmieren, wenn er seinen Schädel zu weit über die Absperrung hält. Aber logisch, auch einem Bären können sie nicht alles wegspritzen, schon gar nicht, dass er wenigstens einmal im Jahr gepflegt bumsen will. Darum ist es im Tierpark mit den Bären so, wie wenn du junge Katzen verschenken willst, aber jeder hat schon und ob du nicht welche haben möchtest. Konsequenz, wenn du dem Tierpark schwörst, dass du nichts weitersagst, bekommst du eine Einladung zum Bärenessen für Eingeweihte. Aber wehe, die warten nicht lange genug nach dem Spritzen und dazu noch einen guten Rotwein mit zwölfeinhalb Umdrehungen und einen Bärwurz mit vierzig hinterher, dann gehst du auf einen Bärentrip, an den du noch lange denkst, oder vielleicht überhaupt nicht mehr. Sag lieber, du hast keine Zeit, wenn dein Kreislauf gerne ein bisschen unstabil ist.

Aber den Preußen und mich haben ja nicht die zu vielen Bären im Tierpark drinnen interessiert, sondern umgekehrt, einer zu wenig draußen. Die wilden Bären sind nämlich das Politikum. Mit Spritzen geht da nichts, darum bauen die noch einen ganz anderen Druck auf wie so ein Tierparkbär, rein sexuell. Geburtenkontrolle Fehlanzeige, und die alten Bären schmeißen gerne einmal einen jungen hinaus, wenn er ihnen auf die Nerven geht. Dann latscht er pubertär in der Gegend herum und es kann sein, dass er auf einmal bei uns herumproletet. Die hinausgeworfenen Bären kommen fast alle von den Italienern herüber, jetzt lachst du wegen sexuell, und nur weil es dort so wenige sind, geht es einigermaßen. Aber abwarten.

ix Der Laurin, das war so ein König, der war ein bisschen kurz geraten, rein körperlich, und das hat er mit Gärtnern kompensiert. Legendäre Rosen, tipptopp beieinander, weil er hat jede Blattlaus persönlich zerdrückt. Jetzt die Rosen haben alle toll gefunden, aber nicht den Laurin, weil er ist ein Zwerg gewesen und gängiges Konzept im Mittelalter, wo kämen wir hin, wenn wir den Rassismus nicht hätten, und vielleicht ist es ansteckend. Auf jeden Fall hat es dann Ärger gegeben, weil sie haben eine Party gemacht für alle Wichtigen, aber der Laurin natürlich nicht eingeladen. Das hätte dir auch gewaltig gestunken und der Laurin ist trotzdem hin mit seiner Tarnkappe und er hat die Party verdorben. Weil eine Hochzeitsfeier war auch dabei, und er gleich mit der Braut abgehauen. Wenn Du mich fragst, das wäre dann schon gelaufen mit ihm und der Braut, weil wenn du solche Rosen hast, dann ist der Rest für eine Frau nicht so wichtig. Nur auf der Party ist auch der Dietrich von Bern gewesen, und so einem alten Fuchs machst du nichts vor und wenn du dreimal eine Tarnkappe hast. Am Ende, der Dietrich hat den Laurin grün und blau geprügelt und dann ab ins Gefängnis, lebenslänglich wahrscheinlich, da haben sie damals nichts gekannt. Aber bevor sie ihn weggesperrt haben, hat er seinen Rosengarten noch verflucht, pathetisch hoch drei, bei Tag und bei Nacht soll ihn keines Menschen Auge mehr sehen. Dumm nur, er hat die Dämmerung vergessen und an der Stelle haben sich die Tiroler eingespreizt.

Jetzt musst du dir die Tiroler vorstellen, immer geschäftstüchtig und Tourismus und alles. Die haben nämlich einen Berg gehabt, der war wirtschaftlich noch nicht ausreichend eingebunden, und dort gibt es einen Fleck am Hang, der leuchtet in einem ganz netten Rot, wenn die Sonne flach hineinscheint, mit anderen Worten, wenn es am Morgen dämmert und am Abend auch. Klarer Fall, haben die Tiroler gesagt, das ist dem König Laurin sein Rosengarten, weil er hat bekanntlich beim Verfluchen die Dämmerung vergessen, *quod erat demonstrandum*, und auf einmal Berg berühmt und die Kasse geklingelt. Nur damit du siehst, wie es gehen kann.

**x** Was mache ich jetzt mit dir, kann ja sein, dass du noch relativ sehr jung bist. Wenn ich dir das jetzt erkläre, schreibt mir nächste Woche der Anwalt von deinen Eltern, dass ich dich verdorben habe und Schadenersatz und alles. Auf der anderen Seite, solche Tabus gehören einfach abgeschafft, meine Meinung. Du musst dir vorstellen, uns haben sie noch erzählt, dass dir davon das Hirn weich wird und das Rückgrat gleich noch dazu.

**xi** Die Leute glauben heute ja das Unmöglichste, und jetzt hat mich jemand gefragt, ob ein Schweißhund so etwas ist wie ein Blindenhund, nur dass er in der Autowerkstatt mithilft oder im Stahlwerk, wo sie halt etwas zum Schweißen haben. Zum Beispiel, vielleicht apportiert er den Arbeitern die Schutzbrille, wenn sie hinunterfällt, in dem Job bist du um jeden Handgriff froh. Und in einem Kindergarten, in der Stadt, da haben sie dem Nachwuchs erklärt, dass ein Schweißhund schon schwitzen muss, wenn es noch gar nicht richtig warm ist und man soll ihn nicht streicheln, wegen der Bakterien. In Wirklichkeit brauchst du einen Schweißhund auf der Jagd, weil er tut sich einfach leichter als du, wenn du eine Schweißfährte suchst. Den Rest musst du selber nachschauen, weil ich will dir nicht die Nerven herbeuteln, vielleicht magst du Bambi-Filme und bist auch sonst ein zartes Gemüt.

**xii** So etwas Ähnliches wie dreißignullsechs[iv], nur im metrischen System. Jetzt nicht ideal für einen Bären, aber garantiert, einer wie der Döring hat auch eine dreihunderter Weatherby Magnum im Schrank. Wenn er mit der daherkommt und du bist ein Bär, dann schau lieber, dass du Land gewinnst, meine Empfehlung.

**xiii** Der Preuße hätte statt »Bloch« »ein mehrere Meter langes Stück von einem Baumstamm« gesagt, aber das kannst du von mir nicht verlangen.

**xiv** Damit du verstehst, was die Blattzeit ist, musst du dich in einen Rehbock hineinfühlen. Kein Problem, wenn du ein Mann bist, und wenn du eine Frau bist, bekommst du es auch hin, mit ein bisschen gutem Willen. Also, wenn du ein Rehbock bist, dann ist es anders als beim Menschen, da hast du nur vier Wochen im Jahr Gefühle, aber dann so hochkonzentriert, dass es dir einen

Scheitel zieht. Angenommen, in deinem Rehbockrevier ist eine Rehfrau unterwegs, vielleicht ist sie sogar ein Schmalreh, und die will etwas von dir, dann hat die so ein hocherotisches Pfeifen drauf. Garantiert, das hörst du kilometerweit und du kommst daher wie ein D-Zug, was willst du machen.

Oder stell dir vor, ein anderer Bock ist in der Nähe und rumsbums auf das Schmalreh drauf, dem ist das genau so recht, Hauptsache, es geht etwas vorwärts. In so einer Situation pfeift das Schmalreh auch und als Rehbock hörst du den Unterschied sofort. Da habe ich vollstes Verständnis, wenn du durchstartest und du schmeißt den Schmarotzer hochkant hinaus. Und je nachdem, was du dabei für eine Figur machst, kann für dich noch etwas drin sein.

Als Rehbock überkommt es dich ungefähr ab Mitte Juli und wenn der fünfzehnte August vorbei ist, geht es langsam wieder. Aber Anfang August ist es besonders schlimm, weil da sind die meisten Rehfrauen schon bedient und keine Lust mehr, aber auf deiner Seite Nachfrageüberhang hoch drei.

Wenn du ein Jäger bist, dann kannst du es jetzt probieren, du machst das Pfeifen von einer Rehdame nach und wenn du Glück hast, kommt ein Bock und eventuell musst du in Notwehr handeln. Natürlich, am Pfeifen entscheidet sich der

Erfolg und mit einer guten Zahnlücke brauchst du keine Hilfsmittel. Aber traditionell zupfst du dir ein Blatt von einem Baum, klemmst es zwischen die Daumen und wenn du es richtig anbläst, gehst du mit dem Pfiff als ein erstklassiges Schmalreh durch. Deswegen Blattzeit.

Wahrscheinlich sagst du unfair und was weiß ich nicht alles, da will ich jetzt nicht mit dir streiten, aber es ist nicht so einfach, wie es sich anhört und du musst einmal eine Bockleber mit Zwiebeln probieren.

**xv** Wenn du es unbedingt hören willst: »Zwei Dinge sind unendlich, das Universum und die menschliche Dummheit, aber beim Universum bin ich mir noch nicht ganz sicher.« Aber dass der Einstein das wirklich gesagt hat, kann ich dir nicht garantieren. Jedenfalls, wenn du heute damit daherkommst, bist du über jeden Verdacht von Dummheit erhaben.

**xvi** Und du weißt im Ernst nicht, wer der Che Guevara gewesen ist? Das schaust du aber gefälligst selber nach, meine Meinung.

**xvii** Dort, wo ich herkomme, heißt Chinese das gleiche wie Asiat, klassisches pars pro toto.

**xviii** Coleoptera und Lepidoptera sagt man auf Schlau zu Käfern und Schmetterlingen.

**xix** Stell dir ein paar Bäume vor, von mir aus irgendwo in Afrika. Jetzt kommt so ein Vieh, sagen wir ein Gnu, und frisst gemütlich Blätter von dem ersten Baum herunter. Und es dauert nicht lange, denkt sich das Gnu, komisch, die Blätter schmecken auf einmal so nach alten Unterhosen, vor einer Viertelstunde waren sie doch noch ganz passabel. Das Gnu geht zum nächsten Baum, aber dem seine Blätter schmecken gleich von Anfang an nach alten Unterhosen und beim dritten, vierten, fünften Baum und so weiter ist es überall das Gleiche. Und bevor dem Gnu gleich der Schließmuskel platzt, erkläre ich dir, was da los ist. Der erste Baum, sagen wir, er heißt Franz, der merkt sofort, dass seine Blätter weniger werden, und als Erstes ändert er gleich einmal den Geschmack und vielleicht tut er auch ein paar ungesunde Sachen dazu. Aber der Clou, der Franz hat die richtigen BVOCs hinten, die lässt er fliegen und die anderen Bäume kriegen sie über die Spaltöffnungen hinein und sagen, Leute aufpassen, schöne Grüße vom Franz, an dem frisst gerade einer. Und ratzfatz ändern alle vorsorglich den Geschmack und das Gnu kann froh sein, wenn es wirklich nur der Geschmack ist.

xx Nur damit du nicht glaubst, ich erzähle dir die Geschichte von der toten Sau, den Meyer Lansky hat es wirklich gegeben, aber es sind etliche froh, dass es ihn nicht mehr gibt. Der hat vom letzten Jahrhundert das meiste mitbekommen, weil wenn du im Juli 1902 geboren bist, und du hast es bis in den Januar 1983 geschafft, dann kannst du davon ausgehen, dass es achtzig Prozent sind. Und da sind ja öfter Zeiten dabei gewesen, wo alles ein bisschen instabil war in Amerika und anderswo auch, da kannst du schon etwas machen mit Organisationstalent und einer unkomplizierten Moralphilosphie.

xxi Die meisten Sachen, die der Einstein angeblich gesagt hat, haben sie ja erst erfunden, wie er schon tot gewesen ist, weil da kannst du dich nicht mehr wehren. Aber dass der liebe Gott nicht würfelt, das ist wirklich von ihm. Jetzt glaubst du vielleicht, klarer Gottesbeweis, weil der Einstein von Amts wegen Experte für alles und basta, aber ich muss es dir sagen, die Sache bleibt offen. Nämlich mit dem Spruch hat er nur die Quantentheorie abschießen wollen, weil die hantiert ständig mit dem Zufall herum und der Einstein hat das nicht ausgehalten, das musst du dir vorstellen, wie wenn es dich am Rücken juckt und du kommst mit der Hand nicht hin. Jetzt wenn der Einstein sagt, der liebe Gott würfelt nicht, dann meint er, es gibt keinen Zufall und alles läuft ab wie ein Uhrwerk, vom Anfang bis zum Schluss. Wenn er recht hat, dann ist es ziemlich egal, ob dir das so vorkommt oder nicht.

**xxii** Mit so etwas soll man seinen Geist nicht belasten, meine Meinung.

Etliche Menschen haben, häufig ohne es zu wissen, dazu beigetragen, dass diese Geschichte ihren Weg von einer seltsamen Idee bis zu einem Regal in einer Buchhandlung gefunden hat. Ganz herzlich bedanken möchte ich mich bei Monika Albert, Hannelore Biber, Rüdiger Grote, Richard Lorenz, Dominik Neumayr, Simon Riederer, Markus Schaller, Gerhard Trautmannsberger, Christian Wimmer, einer anonymen Leserin und natürlich bei Barbara, Veronika und Johannes. Einige wesentliche Passagen verdanken ihre Entstehung einem längeren Zwangsaufenthalt in einem ICE der Deutschen Bahn, was einmal wieder zeigt, dass alles auch irgendwie sein Gutes hat.

Jens Rohrer
**Der Dreiundvierzigjährige, der aus der Haustür trat und spazieren ging**
Kurzgeschichten | 160 Seiten
ISBN 978-3-944000-25-1

»Es kommt immer noch schlimmer in diesen Kurzgeschichten. Die Übersteigerung ins Absurde und Surreale etwa bei einem Familienausflug zum Volksfest oder einer Reise in die Karpaten lässt Jens Rohrer und seine Protagonisten skurrile Abenteuer erleben, mit dem Risiko, kafkaesk in eine Amsel verwandelt oder in der Kanalisation von Zürich von einem Nilkrokodil gefressen zu werden.

Es ist äußerst vergnüglich zu lesen, wie Jens Rohrers Phantasie dem Irrsinn, der Dummheit, den Ärgernissen des Alltags komische Züge abgewinnt. Und damit machen die schlimmen Wendungen die Wirklichkeit sogar ein bisschen erträglicher.«

– *Isabella Kreim, Kulturkanal Ingolstadt*

Michael von Benkel
**Das Taxi**
Roman | 184 Seiten
ISBN 978-3-944000-08-4

Während meines Studiums bin ich über fünf Jahre lang Taxi gefahren. In der bayrischen Landeshauptstadt München. Zuerst tagsüber, dann vornehmlich nachts. Ich habe Menschen aller Art und Unart befördert.

»Der Alltag als literarischer Scherenschnitt. Sprachgewandt, ironisch und scharf beobachtend führt uns MvB die Welt als Kaleidoskop des Alltäglichen in seiner ganzen, oft skurrilen Dichte vor Augen.
Benkels Taxigeschichten lassen den Leser oft schmunzelnd, oft auch erschrocken zurück. Eine lesenswerte Entdeckung!«

*– Dr. Gottfried von der Heydte, vormals Kanzler der Universität Eichstätt*

Dominik Neumayr
**Ausgespielt**
Roman | 352 Seiten
ISBN 978-3-944000-03-9

Markus ist ein griesgrämiger, unfreundlicher und alternder politischer Kabarettist. Doch von dem Erfolg einstiger Tage ist nicht mehr viel geblieben – das Geld, seine Frau und auch die meisten seiner Fans sind weg. Trotzdem organisiert sein Freund und Manager Franz nochmal eine Tour durch Deutschland. Markus wird dabei von dem jungen Nachwuchskabarettisten Karl begleitet, den er von vornherein nicht leiden kann. Nur dummerweise muss Markus seinen jungen Kollegen fördern, sonst wird Franz keine Tour mehr für ihn veranstalten. Mit Markus und Karl prallen zwei Welten aufeinander, die jedoch nur auf den ersten Blick unvereinbar erscheinen. Denn eigentlich sind sich beide Kabarettisten ähnlicher, als es zunächst scheint.

Dominik Neumayr nimmt den Leser in seinem witzigen Romandebüt mit auf die Reise quer durch Deutschland und schildert dabei das Aufeinandertreffen zweier Kabarettisten, die sich näher sind, als sie sich eingestehen wollen.

Gerhard
Trautmannsberger
**Vergangenheitspartikel**
Roman | 302 Seiten
ISBN 978-3-944000-00-8

Unvermittelt steht Richard vor Franks Tür. Die einst besten Freunde sind sich mittlerweile fremd geworden. Seit zwei Jahren hatten sie keinen Kontakt mehr und das einzige, was sie noch zu teilen scheinen, ist die Erinnerung an die Frau ihres Lebens. Doch die Dreiecksbeziehung mit Petra ist längst ebenso Geschichte wie die Freundschaft der beiden. Was bleibt, sind die Erinnerungen. Vielleicht ist Richard gekommen, um die Partikel aus seinem früheren Leben wieder in Ordnung zu bringen und doch droht ihn und seinen alten Freund am Ende die eigene Vergangenheit einzuholen.

Dieses literarische Debüt spricht die ganz großen Fragen des Lebens an: Erfolg, Scheitern, Liebe, Freundschaft und das, was den Menschen im Innersten anzutreiben scheint: die Hoffnung.